신화의 전장

dream
books
드림북스

신화의 전장 15

초판 1쇄 인쇄 2021년 1월 8일
초판 1쇄 발행 2021년 1월 22일

지은이 박정수
발행인 오영배
편집 편집부
일러스트 엑저
본문 디자인 오정인
제작 조하늬

펴낸곳 (주)삼양출판사 · 드림북스
주소 서울시 강북구 도봉로 173
대표 전화 02-980-2112 **팩스** 02-983-0660
편집부 전화 02-987-9393 **팩스** 02-980-2115
블로그 blog.naver.com/dreambookss
출판등록 1999년 3월 11일 제9-00046호

ISBN 979-11-283-9954-1 (04810) / 979-11-283-9403-4 (세트)

드림북스는 (주)삼양출판사의 판타지 · 무협 문학 브랜드입니다.

신화의 전장

박정수 현대 판타지 장편소설

MODERN FANTASY STORY & ADVENTURE

15

dream
books
드림북스

목차

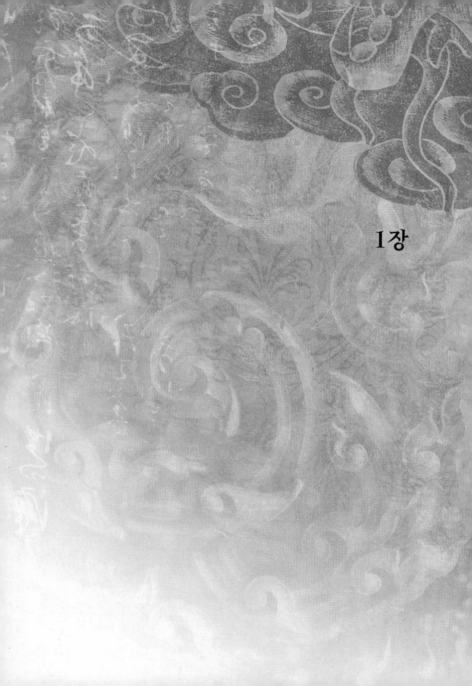

1장

"여, 여기는⋯⋯."

당황한 키츠네는 순간 주변을 살피며 자신의 기운을 퍼트려 박현의 기운을 덮었다.

"궁주가 알면 어쩌시려고."

"풍신?"

박현의 반문에 키츠네가 고개를 끄덕였다.

"흠."

그녀의 반응에 박현이 눈매를 가늘게 만들며 희미한 침음을 삼켰다.

"확실히 격이 낮아진 게 티가 나는군."

"……?"

키츠네의 표정이 살짝 굳어졌다.

후웅—

박현이 손바닥을 하늘을 향해 펼쳤다.

그리고 그 위로 자그만 구슬이 떠올랐다.

"……!"

그 구슬을 보자 키츠네의 눈동자가 흔들렸다.

구슬처럼 보이지만 저건 구슬이 아니었다.

야사카니의 굽은 구슬의 정기(精氣).

굳이 저걸 설명하자면, 야사카니의 굽은 구슬의 일회용 복사판이라고 할까.

손발이 바쁘거나, 혹은 귀찮을 때 카츠네가 수하들에게 가끔 나눠주었던 기운이었다.

툭—

박현이 그 구슬을 키츠네에게 던지자, 그녀를 화들짝 손을 뻗어 구슬을 움켜쥐었다.

구슬을 손에 쥐자, 다시 한번 키츠네의 눈과 어깨가 잘게 떨렸다.

구슬에 담긴, 아니 구슬 형태의 정기가 품은 기운의 양이 심상치 않음을 느꼈기 때문이었다.

'일주일, 아니 아껴 쓴다면 한 달.'

자신이 찔끔 기운을 준 것과 달리 박현은 큼지막하게 기운을 나눠준 것이었다.

생각지도 못했다.

왜냐하면 일시적이라고는 하나, 기운을 나누면 그만큼 자신이 가진 기운이 줄어들기 때문이었다.

물론 나눈 기운이 사라짐에 따라, 본체의 기운이 다시 채워지지만 어쨌든 일순간 기운의 공백이 만들어지는 건 사실이었다.

어쨌든.

손에 쥔 기운을 다시 놓을 리 없는 키츠네였다.

그녀는 허겁지겁 구슬을 몸에 흡수시켰다.

화아아아—

기운이 받아들이자, 키츠네의 꼬리가 다시 모습을 드러냈다.

여덟 개.

그리고, 반투명한 꼬리 하나.

아홉(九)으로는 모자라나, 팔(八)로는 넘치는.

굳이 표현하자면 팔 점 오.

"하아—."

키츠네는 다시 기운이 차오르자 고양감에 몸을 바르르 떨었다.

하지만 그것도 잠시.

"……!"

키츠네는 눈을 부릅뜨며 급히 고개를 어느 한 방향으로 틀었다.

그곳에서는 어마어마한 기운이 느껴졌다.

"요, 용이시여."

키츠네는 당황하며 박현을 쳐다보았다.

*　　*　　*

조금은 굳어진 표정으로 마주한 다이텐구를 바라보는 풍신의 미간이 희미하게나마 좁아졌다.

마주함은 같지만, 그 안에서 감도는 공기가 딱딱해진 것이었다.

'끄응.'

풍신은 내심 앓는 소리를 삼켜야 했다.

키츠네.

그녀가 뒤흔들고 간 여파가 이렇게 바로 드러날 줄은 몰랐다.

'여우의 여왕은 여왕이라는 건가.'

꼬리를 하나 잃었음에도, 격이 낮아졌음에도.

그럼에도 그녀는 타고난 요물 중에 요물이었다.

그도 그럴 수밖에. 자신 역시 그녀를 몹시 탐하고 싶을 정도인데 다이텐구라고 다를까.

"다이……."

풍신이 입을 열 때였다.

"……!"

"……!"

누가 먼저라고 할 것도 없이 둘은 동시에 눈을 부릅떴다.

그리고 둘의 시선이 약속된 것처럼 한 방향을 향했다.

"이게 무슨……."

다이텐구의 말에 풍신의 얼굴이 굳어졌다.

그리고 서서히 일그러지기 시작했다.

"이 땅에 이런 기운들이 존재할 리가……."

다이텐구는 말을 살짝 더듬었다.

기운도 낯설지만, 이만한 기운을 가진 신들이 군집을 이룰 이유가 없었기 때문이었다.

다이텐구는 혹시 자신이 모르는 일본의 신들이 있는가 싶어 다시 풍신을 쳐다보았다.

"외세다!"

풍신은 이빨을 꽉 다물었는지 턱선이 꿈틀거렸다.

"키츠네!"

슈텐도지가 죽고, 키츠네가 처참한 모습으로 돌아왔다.

그럼에도 그녀의 색기에 홀려, 적이 누구인지 물어보지도 않았다. 앞에 앉아 있는 다이텐구도 매한가지.

"키츠네는 어디 있나?"

"후, 후원 뜰로 가셨습니다."

궁녀가 두려움에 떨며 대답했다.

"어서 들라……, 아니다. 내가 가마!"

풍신은 활짝 열린 장지문 밖으로 몸을 훌쩍 날렸다.

이어 다이텐구도 황급히 그 뒤를 따랐다.

*　　*　　*

"하아―."

야사카니의 굽은 구슬의 정기를 흡수해서일까.

키츠네의 숨결이 더욱 끈적하게 느껴졌다.

그리고 어딘가 모르게 그녀의 행동 하나하나와 눈빛, 숨이 더욱 요염하게 느껴졌다.

"어설픈 힘은 거둬라."

그녀가 내뿜는 기운의 주인은 이제 그녀가 아닌 박현이었다.

"풍신과 다이텐구가 눈치채지 못하게 은밀히 사용해."

"쳇."

키츠네는 혀를 차며 기운을 거둬들였다.

"원하면 달에 한 번씩 기운을 주지."

박현의 말에 키츠네의 눈이 반짝였다.

동시에 입술을 지그시 깨물었다.

결국 그 말을 찬찬히 뜯어보면 평생 그의 품에서 벗어날 수 없다는 뜻. 물론 야사카니의 굽은 구슬의 힘을 포기하면 상관없지만, 분명 자신은 포기하지 못할 터.

그러나 그녀는 방긋 웃음을 지어 보였다.

어차피 떠날 생각은 없었다.

그는 용이었으니까.

아니 어떻게 해서든 그가 자신의 품을 벗어나지 못하게 만들 생각이니까.

"평생 충성, ……!"

간드러진 목소리로 아양을 떨려던 키츠네의 눈이 부릅떠졌다.

궁 내에 있어야 할 풍신의 기운이 급격히 하늘로 솟구친 후, 자신을 향해 다가왔기 때문이었다.

'위, 위험…….'

순간 정신을 차릴 수 없었던 키츠네가 어찌할지 몰라 할 때였다.

"키츠네!"

분노가 섞인 풍신의 목소리에 눈을 질끔 감았다.

"구, 궁주."

키츠네는 입술을 지그시 깨물며 눈을 떴다.

"슈텐도지를 죽이고, 너를 처참하게 만든 놈이 누구냐?"

순간 키츠네는 눈을 두어 번 껌뻑였다.

"……?"

"누구냐 물었다!"

"그야…….'

순간 키츠네는 의아함을 느꼈다.

그리고 은근슬쩍 기운을 흘려 박현이 있던 곳을 살폈다.

박현은 어느새 사라지고 없었다.

"폐안과 함께 있던 신이 있다 들었다. 그자더냐?"

키츠네가 속으로 안도의 한숨을 내쉴 때 풍신의 물음이
이어졌다.

"맞아."

다이텐구도 '용' 박현을 보았으니 감출 수 없는 일.

"누군지 알겠느냐?"

인도에서 중국을 거쳐 일본에 왔으며, 근대에는 한반도
와 만주까지 경험한 키츠네였다.

파란만장한 삶만큼 견문도 넓었다.

키츠네는 박현을 어떻게 포장해야 하나 순간 고심했다.

순순히 용이라 밝힐 수 없다.

최대한 그를 감춰야 했다.

조금이라도 자신의 공이 커질 수 있어야 했기에.

"용생구자더냐?"

그 물음에 키츠네는 고개를 저었다.

모르긴 몰라도 풍신은 안도의 한숨을 삼켰을 터.

아니나 다를까.

"적어도 용생구자의 뜻은 아니라는 소리군."

"하지만 마냥 안도할 일은 아닌 듯합니다."

다이텐구.

"그 말도 옳다."

풍신이 고개를 끄덕이며 다시 물었다.

"누군지는 모르겠고?"

"흑호, 흑호였어."

순간 박현이 용의 모습 중 하나인 호랑이로 변했던 것을 떠올렸다.

"흑호?"

"흑호라니?"

풍신도, 다이텐구도 의아함을 드러냈다.

"마치, 백호를 보는 듯했어."

백호라는 말에 풍신과 다이텐구의 표정이 순간 굳어졌다.

아시아의 사신(四神).

청룡, 주작, 현무와 함께 동쪽을 관장하는 신이라 불리는 천외천.

하지만 흑호는 들어본 적이 없다.

"적어도 백호의 아래는 아니야."

"……!"

"……!"

"내가 말하는 게 사신의 백호인 건 알지?"

풍신의 표정이 굳어졌다.

"흑화……. 혹여 흑화된 백호인가?"

풍신이 물었다.

"그건 나도 몰라."

키츠네가 고개를 저으며 자신 없는 목소리로 대답했다.

"그러고 보니, 언뜻 한반도에서 백호가 나타났다는 소식이 있었지 않습니까?"

다이텐구가 되물었다.

"그러고 보니, 내각정보조사실에서 그런 보고가 올라온 기억이 있군."

풍신의 목소리가 심각해졌다.

그 말에 키츠네도 그 정보를 언뜻 떠올렸다.

소 뒷걸음치다 쥐 잡은 꼴이었지만, 묘하게 퍼즐이 맞아 떨어지게 되었다.

"흑화된 백호라. 어찌 그 신이 이 땅에."

다이텐구의 탄식.

"한반도에서 버틸 수 없었던 모양이지."

"끄응."

"이제 대충 상황 파악이 되는군."

풍신은 주먹을 말아 쥐었다.

"폐안!"

풍신의 분노가 폐안을 향했다.

풍신과 다이텐구, 키츠네가 사라진 일왕궁 담벽 구석진 곳.

"찍찍―."

한 마리 쥐새끼가 나직하게 울음을 토한 뒤 자그만 구멍 으로 사라졌다.

*　　　*　　　*

"풍신이 폐안 형님을 지목했군."

"그렇습니다."

박현 앞에 공손히 서 있는 이는, 쥐소리귀신 서 상선의 제자 서보였다.

"수고했어."

"아닙니다."

서보는 허리를 숙였다.

"그나저나 서 상선은 잘 지내시지?"

"스승님께 궁을 지켜주신 데 감사하다는 말씀을 전해 달라 하셨습니다."

그깟 궁이 뭐라고.

그저 건물일 뿐이건만.

박현은 미소를 지으며 고개를 끄덕였다.

*   *   *

"감서가 몇이나 투입되었나?"

"총 열이옵니다."

"혹여나 눈치채지 못하게 잘 관리하고."

"그 점은 걱정하지 않으셔도 됩니다. 비록 신족으로 명맥을 잇고 있으나, 미물에 더 가까운 일족입니다."

"신기의 힘을 취해 천외천이 되었지만, 천외천은 천외천이야."

박현이 경고했다.

그 경고에 서보의 입가에 비릿한 웃음이 그려졌다.

"그래서 더욱 보지 못합니다."

"……?"

박현이 의아해할 때쯤.

"찍— 찍—."

구석에서 감서의 울음이 슬쩍 흘러나왔다.

당연히 박현의 눈썹이 꿈틀거렸다.

"밝은 태양의 빛은 희미한 어둠을 완전히 가려버리는 법
입니다."

서보는 허리를 숙였다.

"그럼 이만 물러가겠습니다."

서보가 방을 나가고.

"한 방 먹었군."

폐안이 걸어와 박현 앞에 털썩 앉았다.

"본인만 먹은 게 아닌 듯한데요?"

되돌아온 물음에 폐안이 어깨를 으쓱 들어올렸다.

"용케 한반도에서 서(鼠)족을 불러들였구나."

"전전긍긍하더라고요."

"그게 용왕일 리는 없고. 서 상선?"

폐안의 질문에 박현이 고개를 끄덕였다.

"들었다시피 그에게는 궁이 곧 그 자신이자 삶이니까요."

"……?"

폐안이 잘 이해가 안 된다는 듯 박현을 쳐다보자, 좀 더 부연을 곁들였다.

"제가 욕심을 부리면 용왕 문무와 싸우게 될 것이고, 그러면……."

"모르긴 몰라도, 궁의 절반이 날아가겠군."

"절반만 날아가겠습니까?"

"말이 그렇다는 거야, 말이."

박현의 무심한 대꾸에 폐안이 피식 웃음을 내뱉었다.

"어쨌든 뭐라도 짐을 얹혀주고 싶어 안달이 난 터라. 서족을 몇 쓰고 싶다 하니 얼씨구나 하며 보내더군요. 그렇다고 서보를 보낼 줄은 몰랐습니다."

"그만큼 우리 적자에게 신경을 쓴다는 것이겠지."

폐안은 무심한 표정으로 박현을 쳐다보았다.

그를 바라보는 눈빛에 아쉬움이 담겼다.

'조금만 욕심이 강했으면, 좋았을 것을.'

한반도.

박현이 마음을 먹는다면, 아니 그가 껄끄럽다는 뜻만 드러낸다면 대신 그의 칼이 되어 용왕 문무를 죽여줄 수 있다.

굳이 자신이 아니더라도, 피를 덜어줄 형제들이 있지 않은가.

북한과 일본, 그리고 중국.

딱 대한민국, 그 하나만 더하면 완벽할 텐데, 말이다.

"무슨 생각을 그리하십니까?"

"응? 아니다."

폐안은 이내 상념을 털어버렸다.

"그나저나, 우리 적자 흑호가 되어버렸어."

"폐안이 불러들인 흑화된 백호."

"마치 오니나 텐구처럼 공포의 대상이자, 섬김의 대상이지."

"형님의 칼이 되어 이 땅에 미지의 공포가 아닌 현실의 공포를 보여야겠군요."

서로가 각자의 말을 했지만, 의미가 통한 둘은 서로를 보며 씨익 웃었다.

*   *   *

커다란 보료 위에 박현이 앉아 있었고, 그 아래 고미호와 미랑, 홍화와 연천할매가 자리하고 있었다.

"무난하게 고베 야마구치구미를 접수할 수 있었습니다."

여우 일족의 수장 격인 고미호가 보고했다.

그녀들의 표정을 보니 딱히 어려움은 없었던 모양이다.

"미랑."

"예, 성주."

"객들을 모셔와."

잠시 후.

이리에 타다시를 필두로, 북성을 대표하는 백택, 검계의 계주 윤석이 배석했다.

그리고 박현의 뒤에 서보가 조용히 자리했다.

"그대는?"

윤석이 그를 보자 놀란 듯 눈을 동그랗게 떴다.

그의 알은체에도 서보는 조용히 자리를 지키고 서 있을 뿐이었다.

'그의 영향력이 용궁에도 닿아 있을 줄은.'

윤석은 그가 인사를 나눌 생각이 없음을 느끼고는 시선을 거두며 속으로 침음을 삼켰다.

'흠.'

윤석의 머리가 복잡해질 때, 박현의 목소리가 흘러나왔다.

"여우 일족이 준비를 마쳤다는군요."

여우 일족은 고베 야마구치구미 산하 조직원, 사무라이 후예들을 세뇌시키는 작업을 진행했었다.

"윤 계주."

"예."

윤석은 재빨리 상념을 털어버리며 회의에 집중했다.

"검계 상황은 어떻습니까?"

"일단 검수단만 투입할 생각입니다."

"검수단만이라."

"그 후 차츰 인원을 늘려나가려 합니다."

"확실히 눈에 띄지 않겠군요."

그리고 고베 야마구치구미의 원 조직원들의 피해가 클 테고.

어차피 쳐낼 거라면 남의 손을 빌리는 게 나을 터.

박현은 고개를 끄덕였다.

"그러면 꼴통 셋을 본인이 좀 빌립시다."

"……?"

"나미카와카이를 야마구치구미 산하에 편입시키려 했는데, 본인이 좀 더 써야 할 듯싶습니다."

"안 그래도 요즘 입이 댓발 나왔던데 좋아하겠군요."

"그럼 그리하고."

박현은 몸을 돌려 타다시를 쳐다보았다.

"야마구치구미 재건은 어찌 되고 있나?"

"시사님께서 큰 도움을 주고 있으나 제법 시간이 걸릴 듯합니다."

"하긴. 오니가 이 땅을 너무 오랜 시간 지배했지. 타 신들의 씨를 말리지 않은 게 용할 정도니."

"일단 재건에만 신경을 쓰도록 해."

"안 그래도 말씀을 드리고 싶은 게 있었습니다."

"……?"

"오키나와 출신을 완전히 편입하고 싶습니다."

"그대의 뜻인가?"

"시사 님께서도 생각이 있으신 듯합니다."

"그 사안은 폐안 형님과 논의를 해보도록 하지."

타다시는 허리를 숙여 답을 대신했다.

"백택 님은?"

"임시로 야마구치구미 산하 단체의 이름을 몇 빌렸습니다. 북성에서는 사방장군 중 서 장군과 북 장군, 삼 장로가 나설 것이고, 암별초들이 뒤를 받칠 것입니다."

백두산 야차와 백두산 백장군.

"남장군들이 고생하겠군요."

삼태성 중 둘이 백두산 야차와 백장군의 빈 자리를 채울 모양이었다.

"북은 여전히 불안한 곳이기에 어쩔 수 없는 선택이었습니다."

"좋습니다."

박현은 고개를 끄덕였다.

"부성주."

"하명하시지요."

"그리고, 윤 계주."

"말씀하시지요."

"두 분이 맡아 이니가와카이를 무너트려 주세요."

"……."

"……?"

"이니가와카이가 무너지면 자연스레 북성이 그 자리를 차지하고 들어가면 될 것이고, 그러면서 자연스럽게 윤 계주께서는 고베 야마구치구미를 차지하면 될 겁니다. 그 사이 야마구치구미는 홀로 서면 될 것이고."

박현의 말에 백택과 윤석은 여전히 무슨 말을 해야 할지 몰라 입을 열지 못했다.

"본인은 일일이 왈가불가할 생각은 없습니다. 본인이 말한 그림대로만 이뤄지면 됩니다."

"성주께서는 어찌하시려고."

"본인은 풍신을 노릴 겁니다."

"……?"

"용이 아닌 흑호로서."

박현이 자리에서 일어났다.

"본인은 독자적으로 움직입니다."

그리고 좌중을 훑듯이 바라보며 말했다.

"본인을 실망시키지 않겠죠?"

박현은 의미심장한 웃음을 남기며 사라졌다.

＊　　　＊　　　＊

도쿄 긴자 거리 외각.

박현은 빛바랜 건물을 올려다보았다.

2층 유리창에는 '파천회(波川會)'라는 굵직한 글자와 함께 꽃문양 안에 '파(波)'자가 적힌 나미가와카이의 심볼인 다이몽(大紋)이 그려져 있었다.

짧다면 짧은.

한 달이 채 못 되는 시간을 보냈지만, 제법 그리운 것이 그 사이 꽤나 정이 든 모양이었다.

박현은 익숙한 걸음으로 계단을 통해 사무실로 올라갔다.

끼익—

"……?"

잠겨 있어야 할 문이 열려 있었다.

의아함은 곧 기분 좋은 실소로 이어졌다.

사무실 안에 익숙한 기운들이 느껴졌기 때문이었다.

박현이 그 기운을 쉽게 읽지 못한 이유는.

"완희야."

박현은 사무실 안으로 들어가며 조완희를 불렀다.

"왔냐?"

조완희가 소파에 눕듯 앉아 있었다.

"오셨습니까."

"나무관세음보살."

이승환과 당래불.

"드디어! 드디어! 형님과 함께!"

촐싹촐싹대는 망치 박.

그리고.

"뭐야? 너희들은?"

박현은 황당하다는 얼굴로 코우고를 쳐다보았다.

정확히는 코우고와 유우키였다.

"그냥 간다 하니까, 타다시 부회장께서 보내주시던데요."

너무나도 단순한 답에 박현이 고개를 갸웃거렸다.

"그리고 제가 거기 있어 봐야 뭘 할 수 있다고. 그냥 오 야붕 곁에서 싸움이나 하렵니다."

"예, 예."

그 옆에서 유우키가 고개를 끄덕이며 맞장구쳤다.

"어차피 물려줄 거 좀 빨리 물려달라 했습니다."

코우고가 당연하다는 듯 말했다.

"누가?"

"예?"

"그러니까 누가?"

"그, 그거야……."

코우고는 잠시 머뭇거리더니 소리를 지르듯 입을 열었다.

"그럼 안 물려주실 겁니까?"

"하는 거 봐서."

박현은 고개를 돌려 구석 야전침대에서 코까지 골아가며 잠들어 있는 서기원을 쳐다보았다.

"음냐냐! 맛나야!"

꿈에서 뭘 먹고 있나 보다.

"재미는 있겠네."

박현은 피식 웃음이 지어졌다.

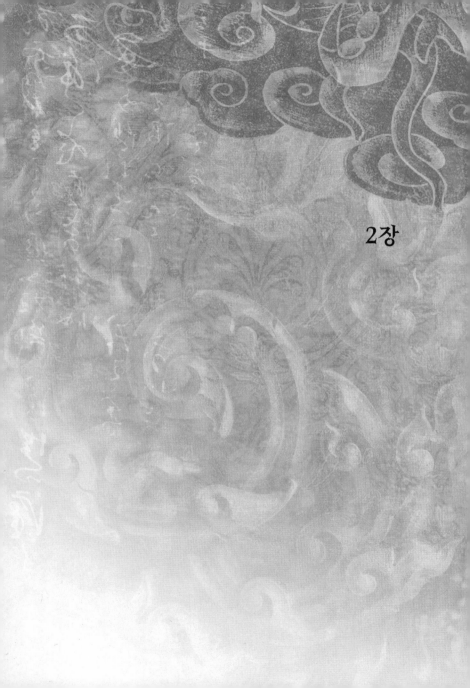

2장

"후르륵, 후르륵! 아그작, 아그작!"

서기원은 검은 소스가 묻혀진 면을 입에 가득 넣은 뒤, 촉촉한 노란 단무지를 한 입 깨물며 환희를 이기지 못하고 몸을 부르르 떨었다.

"맛있어야!"

그리고는 소리쳤다.

"으악!"

"아! 진짜!"

소스가 입에서 튀자 몇몇이 식탁 위를 몸으로 덮으며 짜증을 냈다.

"나가야! 나가야! 일본에서 짜장면을 먹을 줄 몰랐어야! 참으로 맛나야!"

서기원은 양손을 머리 위로 들어 마구 흔들더니 다시 짜장면을 가득 집어 입안 가득 밀어넣었다.

다섯 입.

툭─

서기원은 싹 비운 그릇을 옆으로 툭 던졌다.

살포시 포개지는 빈 그릇은 하나가 아니었다.

네 개.

"룰루 랄라~."

서기원은 어깨춤을 추며 젓가락으로 새 짜장면을 덮고 있는 랩을 젓가락으로 슥슥 비벼 벗겨냈다.

"헐~."

"진짜?"

"흐미."

마치 짜장면은 첫입이라는 듯 입으로 면을 크게 가져가는 서기원을 보자, 코우고와 유우키는 입을 쩍 벌렸다.

그 외에 다른 이들은 그러려니 하고 식사를 하고 있었다.

역시 다섯 입.

"부족하지만, 허기는 달랬어야."

서기원은 툭— 빈 접시들 위에 던진 뒤 소파에 몸을 기댔다.

그리고는 나무젓가락을 분질러 뾰족하게 만든 뒤 이빨을 쑤셨다.

"에이—, 깨작대지 말아야. 복 나가야. 먹을 때는 복스럽게 먹어야 해야."

서기원은 코우고와 유우키에게 뿌듯한 얼굴로 잔소리 아닌 잔소리를 늘었다.

가슴을 쭉 내밀고 턱을 한껏 든 서기원의 얼굴 반은 짜장 소스로 검게 물들어 있었다.

다사(多事)했던 식사가 끝나고.

"오야붕."

코우고가 박현을 불렀다.

"이제 뭐 합니까?"

눈빛이 아주 초롱초롱했다.

그릇을 치우러 나갔던 유우키도 쪼르르 뛰어와 눈빛을 반짝였다.

그리고 그 옆으로 골통 삼인방의 얼굴이 나란히 붙었다.

근질근질.

초롱초롱.

도장을 찍듯 다섯의 표정이 똑같았다.

"너희 다섯, 어쩜 하는 짓이 똑같냐?"

"으엑!"

"안 떨어져?"

"야이, 쌍!"

그제야 다섯은 서로의 얼굴이 붙어 있음을 깨달았는지 질색하며 떨어졌다.

"의형제 맺을 생각은 없냐?"

조완희는 어이없는 표정을 지으며 다시 물었다.

"우웩!"

"말도 안 되는 소리 마십시오!"

"으으으!"

다섯은 마치 쌍둥이처럼 몸을 떨며 소리쳤다.

"근데 이제 뭐 할 거냐?"

조완희는 그들을 보며 고개를 절레절레 저으며 박현에게 물었다.

그러자 다섯의 얼굴이 마치 자석처럼 다시 달라붙었다.

방금 질색팔색하며 떨어져 놓고서는.

자신들의 행동에 자각이 없는 모양이었다.

"후지산으로 간다."

"후지산?"

조완희가 묻자.

"설마."

코우고가 뭔가 아는 듯 말했다.

*　　*　　*

후지산, 깊숙한 숲속.

일반인들은 모르는 산사가 하나 있다.

슈겐도[수험도, 修驗道][1]이자 실질적인 이나가와카이[稻川會]의 총본부였다.

고즈넉한 대사찰이자, 신사의 공기는 무거웠다.

"흠."

평소 다이텐구가 기거하는 거실.

그의 수족인 코노하텐구, 콧파가 툇마루에 앉아 장엄하게 펼쳐진 후지산 숲을 내려다보고 있었다.

"콧파 사마."

뒤에서 장난기를 숨길 수 없는 목소리가 들렸다.

갓파였다.

"아파구나."

갓파는 원래 이름이 없다.

해서 콧파는 중요한 몇몇 갓파에게 히라가나의 첫 글자

아[あ]를 가져와 이름을 지어주었다.

"전 조직원들이 무장을 갖춘 채 집결했습니다."

보고하는 갓파의 수장 아파는 갑옷을 입고 있었다.

"다이텐구께서 특별히 내리신 명이 있나?"

"없습니다."

콧파는 고개를 끄덕인 후 잠시 우거진 숲을 쳐다보았다.

열 호흡의 시간이 지났을까.

콧파는 '요시!' 라는 짧은 말을 내뱉으며 자리에서 일어났다.

그러자 이름 없는 갓파 하나가 투구를 들고 쪼르르 달려왔다.

콧파는 투구를 옆구리에 낀 채 사찰 대(大) 마당으로 향했다.

"오셨소, 형님."

마당으로 나가자, 무장을 한 코노하텐구들이 다가왔다.

콧파와 형제들로 이름 없이 그저, 숫자로 불리는 코노하텐구들이었다.

"이제(二弟)구나."

다른 이들이 봤을 때에는 똑같이 생겼지만, 그들은 서로를 알아보았다.

"오셨습니까, 형님!"

"오셨습니까, 형님!"

삼제(三弟)부터 칠제(七弟)까지, 코노하텐구들은 허리를 숙여 인사했다.

"그래."

콧파는 그들의 인사를 받으며 마당에 오와 열을 맞춰 긴 창을 들고 선 갓파들을 쳐다보았다.

"출전에 앞서 한 말씀 하시지요, 형님."

이(二)가 말했다.

"됐다. 내 자리가 아니다."

콧파는 고개를 흔들어 거부의 의사를 보였다.

"전쟁입니다. 대범해 보여도 많이 불안해합니다."

"용기 한번 북돋우어 주십시오."

갓파의 수장 아파도 이의 말을 거들었다.

둘뿐만 아니라 삼(三), 사(四), 오(五) 등 형제들도 부추기 자 콧파는 어쩔 수 없이 간이 단상에 올라섰다.

"갓파들은 들으라."

확실히 곳파의 말 한마디에 정적이 흘렀지만 뭔가 어수 선하던 공기가 다부지게 바뀌었다.

"이제 우리는 전쟁을 한다."

"……."

"……."

"······."

묘한 침묵.

"우리의 상대는 스미요시카이다."

아마 전쟁의 두려움으로 인한 것일 터.

"무섭나?"

"······."

"······."

"······."

"솔직히 나도 무섭다."

콧파는 손 안을 축축하게 적신 땀을 느꼈다.

"하지만 우리는 이긴다! 왜냐!"

콧파는 소리를 높였다.

"이곳은 바로 우리의 땅이기 때문이다. 이 땅에서 태어난 우리가, 저들에게 질 리가 없지 않나! 안 그런가?"

"그렇습니다!"

"하잇!"

통일되지 않은 목소리가 여기저기서 튀어나왔다.

"살아서 다시 보자!"

콧파의 말이 끝나자.

"출전이다!"

이의 우렁찬 목소리가 터졌다.

"우와아아아!"

"우와아아아아!"

갓파 특성상 어린아이들이 내지르는 함성처럼 느껴졌지만, 그 안에서 일렁이는 기세에 콧파는 고개를 끄덕이며 단상에서 내려왔다.

아니 내려오려 했다.

＊　　＊　　＊

파밧! 파바밧!

누군가는 나뭇잎을.

타닥! 타다닥!

누군가는 울퉁불퉁한 산길을 밟으며 빠르게 산 중턱으로 올라가고 있었다.

선두에서 뛰고 있던 조완희가 걸음을 멈추자, 그의 뒤로 박현과 일행들이 멈춰 섰다.

"저곳인가?"

박현이 조완희의 시선이 닿은 곳을 쳐다보았다.

주변 풍광과 다를 바 없는 산속 정경이었지만, 박현이 안력에 기운을 집중하자 한 꺼풀 껍질을 벗겨내듯 숨겨진 풍광이 드러났다.

"대사찰이군. 아니 신사인가?"

절과 산사가 묘하게 뒤섞인 건물들이 눈에 들어왔다.

"어디여야? 어디여야?"

서기원이 둘 사이에 얼굴을 쑥 내밀고는 두리번거렸다.

"하아―."

조완희는 한숨을 푹 내쉬며 서기원의 얼굴을 잡아 결계가 쳐진 곳으로 돌려주었다.

"이야!"

그제야 발견한 듯 서기원도 눈에 신력을 돋우며 사찰을 쳐다보았다.

"흐음?"

그때 박현이 뭔가 발견한 듯 묘한 웃음을 지었다.

툭― 투둑 툭―

박현은 나무 꼭대기로 올라가 사찰의 어느 한 곳을 보았다.

일곱의 코노하텐구.

그리고 육백 정도 되는 갓파들.

"나 먼저, 간다."

퉁―

박현은 나무를 박차고 하늘로 날아올랐다.

　　　　＊　　　＊　　　＊

"출전시켜."

단상 위에서 콧파가 이에게 명했다.

이는 고개를 크게 끄덕인 뒤 아파에게 명을 이어내렸다.

"출전."

짧은 명에.

"출전이다!"

아파가 창대를 높이 들며 소리쳤다.

"출전의 북을 울려라!"

아파의 다시금 이어진 목소리에.

둥— 둥— 두우

북이 큰 울림을 만들어내기 시작하고, 콧파가 단상에서
내려오려는 순간이었다.

부직—

북의 가죽이 찢어지고.

콰과꽉!

나무로 된 틀이 부서졌다.

"으아아악!"

북채를 들고 크게 휘두르던 갓파가 산산이 찢어지며 비
명을 내질렀다.

쿵!

그리고

집결한 마당에 무거운 기운이 내려앉았다.

"크르르, 크하아아앙!"

곧 호랑이의 울음이 마당을 뒤덮었다.

*　　　*　　　*

하늘의 천둥소리가 저러할까.

아니 천둥소리도 저 정도는 아닐 것이다.

"흡!"

울음이 몸을 덮자, 마치 천근의 추에 짓눌린 듯 순간 호흡이 턱 막혔다.

비단 호흡만이 아니었다.

몸이 짜부라지는 듯 웅크려졌다.

쿵!

그리고 벼락이 내려치듯 검은 빛이 앞으로 툭 떨어졌다.

그 빛은 태양의 빛을 받아 제 모습을 드러냈다.

"크르르르."

흑호.

검은 호랑이.

"핫!"

코노하텐구, 일(一)인 콧파는 서슬 퍼런 흑호의 눈빛에 잠시 눈동자가 흔들렸지만, 이내 짧은 기합을 삼키며 몸을 옥죄는 흑호의 기운을 털어냈다.

후드득—

그리고 날개를 펼쳐 뒤로 물러나려 했다.

하지만.

콱!

자신의 머리만큼이나 큰 손이 뻗어와 그의 갑옷 멱살을 움켜잡았다.

하지만 그의 날갯짓 힘이 생각보다 강했던지 박현의 몸이 두어 걸음 정도 앞으로 끌려 나갔다.

그에 흑호의 손에서 벗어날 수 있다 여긴 것인지, 콧파는 날개를 한껏 웅크렸다가 활짝 펼쳐 날갯짓을 했다.

"……!"

그 날갯짓에 콧파의 몸이 하늘로 쑥 솟구쳤다.

어떤 저항감도 없었다.

의아함에 부릅떠진 콧파의 눈에 흑호의 황금빛 눈동자가 급격히 다가왔다.

자신의 날갯짓에 맞춰 몸을 날린 모양이었다.

'하지만, 날개가 없는 건 추락하는 법.'

그제야 콧파의 입가에 희미하나마 미소가 지어졌다.

하지만 그런 생각이 입 모양으로 표현되었을까.

『날개가 찢겨도 추락하지.』

박현은 '크르르.' 울며 말했다.

그리고 콧파의 눈앞에서 박현의 모습이 사라졌다.

"흡!"

그리고 콧파의 몸이 기우뚱 기울어졌다.

박현이 그의 등으로 올라타 한쪽 날개를 움켜잡아버린 탓이었다.

하지만 그것만이 아니었다.

애써 겨우 균형을 잡으려던 콧파의 눈이 부릅떠졌다.

"꺽!"

순간 쩍 벌어진 입 안에서 꾹꾹 눌린 고통이 튀어나왔다.

콱!

박현이 뒷발 발톱을 세워 그의 등을 찍은 뒤, 손으로 그의 날갯죽지를 움켜잡아 찢기 시작한 것이었다.

"칙쇼! 죽어랏!"

근처에 있던 이(二)가 일본도를 꺼내 힘껏 땅을 박차고 하늘로 뛰어올랐다.

그리고는 커다란 날개를 저어 빠르게 박현에게로 날아가
일본도로 옆구리를 베어갔다.

쑤아아악!

일본도가 옆구리를 베려는 순간 박현의 신형이 아래로
툭 떨어졌다.

하지만 아래로 툭 떨어지는 건 박현만이 아니었다.

"크하앙!"

박현은 콧파의 발목을 움켜잡으며 아래로 떨어지는 반동
을 이용해 그를 바닥으로 내동댕이쳤다.

쾅!

콧파가 바닥에 처박히며 제법 묵직한 파음이 만들어졌
다.

탕그랑~

머리가 먼저 바닥에 닿았는지 콧파의 투구가 머리에서
벗겨져 바닥을 굴렀다.

어지러운 듯 콧파가 머리를 털 때, 박현은 그의 등을 발
로 찍어누르며 다시 날개를 움켜잡았다.

"안 돼!"

이가 소리치며 박현을 향해 다시 날아들며 일본도를 휘
두르려 할 때였다.

"크하아아앙!"

박현은 이를 향해 울음을 터트렸다.

그 울음은 평소 흑호의 울음이 아니었다.

그 안에 용의 언(言)을 담았다.

콰드드드득!

그 힘에 주변의 공기가 얼며 이의 비행 또한 얼어붙어 허공에 툭 멈춰 세워졌다.

박현은 잘 보고 있으라는 듯 이를 쳐다보며 씨익 웃고는 콧파의 날개를 움켜잡았다.

뒤늦게 정신을 차린 콧파가 벗어나기 위해 몸부림쳤지만.

콱!

박현은 발로 그의 등을 단단히 찍어누르며 단숨에 날개를 찢어버렸다.

부아아악!

날갯죽지가 찢어지며 피가 튀었다.

찢어진 날개는 바닥에서 파닥파닥 뛰었다.

"대형! 대형!"

얼어붙은 공기 속에 갇힌 이는 고통에 몸을 떠는 콧파를 애타게 불렀다.

박현은 바닥에서 몸을 튕겨 일어나려는 콧파의 등을 다시 짓밟았다.

콰직!

척추가 부러진 듯 파음이 터지며 콧파는 다시 한 차례 몸을 떨었다.

"끄으!"

하지만 고통에 찬 신음만은 내뱉지 않으려는 듯 그의 신음은 매우 희미했다.

"이 새끼, 죽여버리겠어!"

이를 본 이(二)는 얼어붙은 공기에서 벗어나고자 몸부림치며 소리를 질렀다.

좌자자자작!

박현이 이를 향해 손을 뻗자, 그의 몸부림에 조금씩 깨져가는 공기가 다시 얼어붙었다.

박현은 이를 향해 씨익 웃으며 콧파의 머리를 향해 발을 크게 들어올렸다.

"아, 안 돼!"

이의 절규가 무색하리만큼.

퍼석!

박현은 콧파의 머리를 단숨에 부숴버렸다.

"이 개자식, 죽엇!"

그때 이를 지나쳐 박현을 향해 일본도를 휘둘러오는 이가 있었으니, 삼(三)과 오(五)였다.

삼은 높게 날아 박현의 목을, 오는 낮게 날아 박현의 허벅지를 노렸다.

그들이 박현을 덮치려는 그때였다.

쑤아아아악— 푹!

한 자루 언월도가 날아와 삼의 날개 하나를 뚫고 땅에 박혔다.

콰당!

그로 인해 삼은 낚싯바늘에 걸린 물고기처럼 언월도 주변으로 파닥거리다가 땅에 처박혔다.

그리고 오(五).

창!

아무것도 없는 허공에서 그의 일본도가 튕겨 나갔고, 그것으로도 모자라 얼굴에 무엇이라도 처박힌 듯 피를 뿌리며 바닥으로 나뒹굴었다.

쿵!

아무것도 없는 오의 앞 바닥에 주먹만 한 점이 찍혔다.

스르르—

그 점으로 시작해, 마치 그림을 그리듯 인영이 모습을 드러냈다.

"너는 나랑 놀아야."

삐딱하게 도깨비감투, 비니를 들어 올린 서기원이 환하

게 웃고 있었다.

하지만, 눈빛만은 웃지 않았다.

"이, 이 조센의……. 킥!"

여전히 공기에 갇힌 이(二)가 이를 갈며 입을 열었지만, 그는 말을 끝까지 내뱉지 못했다.

"컹컹! 컹!"

푸른 귀광을 머금은 한 마리 들개가 뛰어와 그의 뒷목을 그대로 물어버렸기 때문이었다.

"끄악!"

이는 일본도를 역수로 잡아 들개, 귀구 코우고의 얼굴을 노렸다.

하지만.

"크르, 컹!"

또 다른 귀구, 유우키가 달려들어 일본도를 쥔 팔을 물어버렸다.

"끄으! 꺼어……."

코우고가 이의 뒷목을 잘근잘근 씹어 끊어버리자, 거칠게 반항하던 이의 몸부림도 서서히 무너졌다.

"크르, 크륵!"

이의 몸이 축 늘어졌음에도 코우고는 그의 목을 놓지 않고 끝까지 물고 늘어져 확실하게 목숨을 끊어놓았다.

그러는 사이 박현은 고개를 돌려 남은 셋, 사(四), 육(六), 칠(七)을 쳐다보았다.

셋은 박현의 시퍼런 눈빛에 주춤하며 빠르게 눈빛을 주고받았다.

"으아아악!"

오히려 박현을 향해 달려든 건, 아[あ]라는 이름을 가진 아파였다.

그는 기합인지 아니면 울분인지 모를 고함을 지르며 박현의 옆구리로 창을 찔러왔다.

카가각!

창날이 정확히 박현의 옆구리에 찍혔지만, 그의 가죽을 뚫지 못하고 거칠게 옆으로 튕겨져 나갔다.

"크르르."

박현은 고개를 돌려 아파를 내려다보았다.

거대한 흑호의 시퍼런 눈빛에 아파는 저도 모르게 뒷걸음을 치고 말았다.

하지만, 그는 갓파들의 우두머리.

아파는 다시 창대를 거둔 후 다시 내질렀다.

솨아아아아!

이번에는 단순한 창 지르기가 아니었다.

도술을 가미한 듯, 창 주변으로 공간이 일그러지며 물방울이 송송 맺혔다.

그 물방울은 마치 세침처럼 변했다.

쇄쇄쇄쇄쇅!

얇고 뾰족한 세침들은 창의 지르기에 맞춰 박현의 얼굴을 향해 쏘아졌다.

"크르! 크하앙!"

박현이 피식 조소를 머금은 뒤 울음을 터트리자.

파바바바박!

물의 세침은 한순간 녹아내리듯 안개가 되어 사라졌다.

턱!

박현은 나름 힘을 쏟은 창마저 손으로 콱 움켜잡았다.

"으으으!"

창대를 움켜잡은 채 떨지만 뒤로 물러서지 않는 아파를 내려다보았다.

"아파를 도와라!"

앳된 목소리.

한 갓파의 말에.

"우와아아아!"

"와아아아아!"

갓파들이 창을 움켜잡은 채 박현을 향해 달려들었다.

쇄아아아아!

자그만 물방울이 뭉치고 뭉쳐 거대한 물보라를 만들어냈
다.

"아악!"

박현은 창을 털어 아파를 떨어뜨리며 갓파들을 향해 몸
을 돌렸다.

『모두 비켜.』

박현의 말에 서기원과 조완희가 재빨리 뒤로 물러났다.

"크르르르."

박현은 앞으로 한 걸음 내디디며 숨을 크게 들이마셨다.

그리고 포효했다.

"크하아아아아앙!"

울음에 용언이 담기자, 거대한 해일처럼 일어난 물방울
들이 터지며 흩어졌다.

그로 인해 한순간 물안개가 자욱하게 만들어져 시야를
가렸다.

한 치 앞도 분간이 안 되는 물안개 사이로 희미한 소리가
파고들었다.

파바박— 푸다닥!

날갯짓이 만들어낸 소리.

박현은 신력을 눈에 담아 물안개를 뚫고 하늘을 쳐다보
았다.

코노하텐구 셋.

사, 육, 칠이 재빨리 도망치고 있었다.

"크릉!"

박현은 움켜쥐고 있던 아파의 창을 들었다.

쐐애애액!

그리고 창에 신력을 담아 집어던졌다.

푹— 푸욱!

창은 화살처럼 날아가 한 코노하텐구의 날개를 뚫고, 다른 코노하텐구의 옆구리에 틀어박혔다.

그 충격에 두 코노하텐구의 비행이 휘청였다.

하지만 그들은 멈추지 않고 저 멀리 사라졌다.

『너희는 버려졌군.』

박현은 죽은 콧파의 일본도를 움켜쥐고 부들부들 떨리는 다리로 애써 다시 일어난 아파를 내려다보며 말했다. 아파도 충격을 받은 듯 멍하니 하늘을 올려다보았다.

『버려진 너희들의 운명은 단 둘.』

"……."

아파는 흔들리는 눈으로 박현을 올려다보았다.

『죽을 것이냐, 아니면 살아 너희를 버린 이들을 향해 복수할 것이냐?』

"……왜? 왜?"

아파는 떠듬떠듬 입을 열었다.

『비록 약한 존재이나, 굳건한 기개가 본인의 호기심을 자극했다. 단순한 변덕일 뿐이다.』

"크르르."

박현이 아파를 향해 한 걸음 내딛자, 아파는 움찔하며 뒤로 두어 걸음 물러났다.

"하, 하지만 상대는…… 용이시다."

『크하하하하하하!』

아파의 말에 박현은 대소를 터트렸다.

『용?』

박현은 축지를 밟아 아파 바로 앞에 섰다.

『너희들은 진정한 용을 본 적이 있느냐?』

박현은 아파 앞으로 얼굴을 가져가며 용의 기운을 풀어 헤쳤다.

*용어

1) 겐도[수험도, 修驗道]: 일본의 민간신앙과 불교, 도교가 결합된 독특한 종교이다. 슈겐도의 수도사들은 정신과 육체 수양을 통해 마법의 힘을 얻고자 한다.

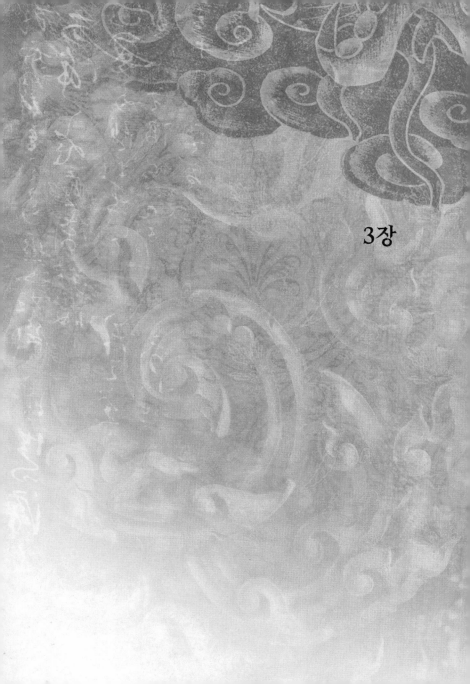

3장

박현은 머뭇머뭇거리다가 무릎을 꿇고 항복하는 아파를
내려다보았다.

"용서를……."

그러자 갓파들도 서로 경쟁하듯 박현 주위로 모여들며
바닥에 부복했다.

"부디 자비를……."

"충성을 다하겠습니다."

누군가는 목숨을 구걸했고, 누군가는 그 목숨을 지키기
위해 충성을 바치겠다 했다.

일본은 참으로 신기한 나라다.

그들의 전쟁관을 보면 더더욱 그러했다.

전쟁은 함께하지만 승패는 오로지 지배자, 막부의 우두머리 쇼군에 의해서 결정된다.

즉, 적 쇼군의 머리만 베면 그 휘하 사무라이들은 자결하고, 병사들과 백성들은 언제 집단 광기에 휩쓸려 상대에게 창과 칼을 겨눴냐는 듯 스스럼없이 머리를 조아려 굴복하고, 충성을 맹세하며 함께 창과 칼을 잡는다.

일본의 전쟁은.

피는 함께 흘리지만.

전쟁은 오로지 쇼군과 사무라이들만의 것이다.

병사와 백성은 일본의 장기인 쇼기[將棋]¹⁾처럼 누가 손에 쥐고 있느냐에 따라 아군이 되기도 하고 적군이 되기도 한다.

또 그걸 당연시하게 여긴다.

백성, 병졸.

민초라 불릴 그들에게는 그 어떤 의지도 자의도 없었다.

아니.

없다.

과거에도, 현재에도.

그리고.

신(神)에게도.

강자에게는 약하고, 약자에게도 강한 특성은 아마 일본을 지배하는 신들에게서 받은 영향이 아닐까 싶다.

현대와 달리 과거 인간들은 신에게서 많은 영향을 받았으니까.

"야이, 쌍놈들아! 다 덤벼라!"

"으핫!"

"내 오늘 살계를 열겠노라!"

뒤늦게 골통 삼인방이 결계 안으로 뛰어들며 소리쳤다.

"다 덤……, 음…….."

"이…… 야압?"

박현을 중심으로 바싹 엎드려 있던 캇파들이 고개를 돌려 멀뚱멀뚱 그들을 쳐다보자, 망치 박과 이승환은 당황하며 어쩔 줄 몰라 했다.

"내 친히 부처님 앞……으로 인도를…… 해야 하는데…….."

당래불도 매한가지.

"……하지 말까요?"

목소리는 차츰 기어가듯 작아지더니, 나중에는 민머리에 난 땀을 소매로 슥 닦으며 물었다.

"풉!"

유우키가 웃음을 삼키자.

"푸하하하하!"

코우고가 참지 못하고 웃음을 터트렸다.

"야! 이빨 꽉 닫자!"

망치 박이 코우고를 향해 눈을 부라리더니.

"그러게 내 빨리 오자고 했잖아."

이승환의 옆구리를 툭 치며 짜증을 냈다.

"내가 늦고 싶어서 늦었냐? 살계를 열려면 불경을 외워 마음을 달래야 하니 마니…….."

이승환의 말에 망치 박의 눈썹이 역팔자로 휘어지며 그에게로 향했다.

"험험!"

당래불은 빙판 위를 미끄러지듯 둘에게서 멀어졌다.

"도망치게 만든 이유가 뭐야?"

조완희가 곁에 붙으며 물었다.

그 목소리에 박현의 근처에 서 있던 아파의 귀가 팔랑거렸다.

"다이텐구가 올까, 안 올까?"

박현은 짧게 아파를 일견하며 되물었다.

"글쎄……."

조완희가 고민에 잠길 때.

"오, 옵니다."

아파가 얼른 입을 열었다.

"온다고?"

"예! 반드시 옵니다!"

아파는 확신했다.

"이유는?"

박현은 몸을 돌리며 흑호에서 다시 인간의 모습으로 돌아갔다.

"이곳에 그의 사리(舍利)가 있기 때문입니다."

"사리?"

의아함에 당래불이 끼어들며 물었다.

"비록 불법을 파괴하는 자이나, 그 역시 불제자. 과거 인간의 껍질을 깨며 나온 단 하나의 사리가 이곳에 있습니다."

"그게 그리 중요한 건가?"

박현이 물었다.

"불도의 기운을 가지고 있기에 사악한 신이면서도 인간들에게 숭배받는 신이 될 수 있었기 때문입니다. 또한 항마의 힘 또한 가지게 됩니다."

아파는 다이텐구의 약점을 스스럼없이 말했다.

"악마이자 숭배받는 신. 거기에 항마의 신이라."

박현은 어이없어 실소를 머금었다.

"진짜 골 때리는군."

"하지만 진짜 중요한 이유는 따로 있습니다."

"뭐지?"

아파의 강조에 박현이 다시 되물었다.

"항마의 힘으로 텐구들을 휘하에 넣었습니다. 즉, 그들의 우산이 되어 준 것입니다."

"만약 그게 사라지면?"

박현이 물었다.

"상상하신 대로 될 것입니다."

절대적 자리에서 추락하게 된다.

"분열하는 텐구들이라……."

박현은 비릿하게 웃음을 지었다.

"그 사리라는 게 어디 있지?"

"소신이 안내하겠습니다."

아파는 허리를 깊게 숙였다.

＊　　＊　　＊

뇌전궁.

과거 뇌신, 노즈치의 궁이었지만, 지금 그의 흔적은 지워져 있었다.

그곳에 다이텐구가 뇌신의 허락 하에 임시로 머물고 있었다.

"나름 운치가 있던 곳인데."

뇌신의 흔적을 급히 지운다고 내부는 흉물스럽게 변해 있었다.

"스미요시카이와 본격적으로 부딪히기 전에 텐구들을 이곳에 소집하면 좋겠군."

다이텐구는 마치 이곳이 자신의 궁인 양 흡족한 미소를 지으며 찻잔을 들어 녹차를 한 모금 마셨다.

"그나저나."

하지만 기분 좋은 미소도 잠시.

다이텐구는 미간을 슬쩍 좁혔다.

출전식을 마친 콧파에게서 연락이 올 때가 되었거늘.

"뭘 그리 꾸무럭거린다고. 에잉, 쯧쯧."

다이텐구는 혀를 차며 찻잔을 탁자에 툭 내려놓았다.

다이텐구는 본사(本寺)에 특별히 무슨 일이 생겼다 여기지 않았다. 그도 그럴 것이 단 한 번도 외침을 받은 적이 없는 곳이었기 때문이었다.

"쯧."

아마 갓파들이 말을 듣지 않고 사고를 친 모양이었다.

명에 충실한 놈들이기는 하나, 선천적으로 장난기가 심

하고 겁이 많은 일족이었다.

다이텐구는 그나마 명석한 아파라는 녀석이 일족을 달래고 어르느라 늦어지는 것 같다고 여겼다.

그래도 어쩌랴.

그들은 자신들의 손과 발이니, 없으면 불편한 것을.

슬며시 밀려오는 불쾌함을 녹차로 애써 지우는 그때였다.

"이제 오는군."

하늘에서 코노하텐구의 기운이 느껴졌다.

그래도 생각보다 많이 늦은 건 아니었다.

사인이 사안인지라 갓파들도 나름 재빨리 움직인 모양이었다.

그런데.

코노하텐구의 기운이 가까워질수록 다이텐구의 얼굴이 묘하게 굳어져 갔다.

쾅!

다이텐구는 등에 숨겨둔 날개를 활짝 펼치며 하늘로 날아올랐다.

그리고 눈에 신력을 돋우자 저 멀리 두 코노하텐구가 날아오고 있었다.

그런데 온전하게 비행하는 게 아닌, 코노하텐구 하나가 상처 입은 코노하텐구를 부축한 채 날아오는 게 아닌가.

다이텐구는 그들을 향해 깃털 부채를 저었다.

화아아아아!

그러자 거대한 바람이 쏘아져 나가 그들을 감쌌다.

그 돌풍은 코노하텐구 둘을 다이텐구 앞으로 잡아당겼
다.

"다, 다이텐구!"

부축한 코노하텐구가 다이텐구를 다급히 불렀다.

다이텐구는 중상을 입어 제대로 날지 못하는 코노하텐구
를 쳐다보았다.

한쪽 날개가 반쯤 찢어져 있었다.

뭔가 잘못되었음을 느낀 다이텐구는 얼굴을 딱딱하게 굳
히며 형제를 부축한 코노하텐구를 쳐다보았다.

콧파는 아니었다.

그는 항상 형제들과 다른 옷차림을 하고 있었다.

"누구냐?"

"칠(七)입니다."

다이텐구는 상처 입은 이에게 시선을 주었다.

"사(四), 사입니다."

"콧파는?"

다이텐구는 애써 침착함을 유지하며 물었다.

"주, 죽었습니다."

칠이 떨리는 목소리로 대답했다.

그리고 그 옆에 힘겹게 서 있는 사는 참담한지 눈을 질끈 감았다.

"주, 죽어?"

다이텐구도 놀란 듯 큰 목소리로 되물었다.

"하이."

칠이 대답했다.

"누가! 왜?"

다이텐구가 거친 목소리로 물었다.

"흐, 흑호입니…… 끄윽, 다."

사가 힘겹게 몸을 세우며 대답했다.

"흑호?"

"그, 그렇습니다."

그에 충격을 받은 듯 다이텐구의 얼굴이 굳어졌다.

"천외천, 분명 천외천이었습니다."

마치 변명이라도 하는 듯 사는 항변했다.

"류오코, 이 새끼!"

선수를 치려 했는데, 먼저 선수를 당하고 말았다.

"으아아아!"

분노를 참지 못해 소리를 지르던 다이텐구의 목소리가 어느 순간 턱 막혔다.

"서, 설마!"

그의 눈동자가 파르르 떨렸다.

"본사더냐?"

"그, 그렇습니다."

자신의 또 다른 생명이자, 항마의 근원.

사리.

그곳을 아는 이는 오직 자신뿐.

아니 한 놈이 더 있다.

아파.

갓파들의 대형이자, 유일하게 자신이 쳐놓은 결계를 풀고 들어가 주기적으로 사리를 관리하는 녀석.

"아파, 아파는?"

"그, 그게……."

"죽었느냐?"

"……"

대답이 없다.

사도, 칠도.

두 놈 모두.

팡!

그때 공기가 터지며 풍신이 모습을 드러냈다.

"무슨 일입니까?"

다이텐구는 그 물음에 대답할 겨를도 없이 하늘로 치솟아 올랐다.

*   *   *

그 시각.

본사, 중앙 법당.

아파는 결계를 푼 뒤 불단 위로 올라가 불상(佛像) 앞에 섰다.

퍼석!

그리고는 가차 없이 창을 휘둘러 불상을 부쉈다.

툭!

부서진 불상에서 밀납으로 봉인된 목함이 하나 툭 떨어졌다.

아파는 주먹만 한 목함을 집어든 후, 박현 앞으로 쪼르르 달려가 공손히 내밀었다.

"훗."

박현은 목함을 받아들며 짧은 웃음을 삼켰다.

"이게 다이텐구의 목숨보다 중하단 말이지?"

"그렇습니다."

아파의 대답에 맞춰.

퍼석!

박현은 목함을 쥐고는 으스러트려 부쉈다.

* * *

목함이 부서지자 중후한 황금빛 광명(光明)이 새어 나왔
다.

"아!"

법당 밖에서 대기하고 있던 당래불이 황홀한 감탄을 내
뱉으며 그 자리에서 무릎을 꿇었다.

"나무 관세음보살."

그리고는 조용히 불호를 읊었다.

그만큼 목함에서 새어 나온 불법의 기운은 박현도 놀랄
정도로 강했다.

생각 같아서는 꿀꺽하고 싶지만, 자신의 기운과는 맞지
않았다.

톡!

박현은 은은한 빛을 머금고 있는 사리를 손가락으로 허
공에 튕겼다가 잡았다.

"이걸 어쩌나?"

그냥 부수기에는 담긴 힘이 너무 강대했다.

그렇다고 조완희에게 주기에는, 기운의 상성이 맞지 않았다.

광명한 부처와 저승을 다스리는 대별왕.

박현은 법당 구석에 두툼한 방석을 침대처럼 쫙 깔아놓고 그 위에서 잠을 자고 있는 서기원을 일견했다.

'도깨비와 부처라.'

그건 조완희와 불법만큼이나 어울리지 않는 조합이었다.

"안 돼야! 가지 마야!"

서기원은 안타까움이 가득 묻어나는 잠꼬대와 함께 허공으로 손을 휘저었다.

뭐가 그리 안타까울까 싶다가도.

"메밀묵아! 동동주야! 가지 마야! 나를 버리고 가지 마야! 내 얼마나 너희들을 사랑하는데 그래야!"

그게 음식이라니.

박현은 어처구니가 없는 표정으로 서기원을 쳐다보았다.

고개를 절레절레 저으며 사리를 아공간 주머니에 넣으려는 그때였다.

후아악!

강렬한 기운이 법당을 덮쳤고.

쿠당탕탕탕— 콰르르르—

법당 한쪽 건물이 무너트리며 다이텐구가 내려섰다.

그는 내려서자마자 박현에 손에 들린 사리를 발견했고, 눈썹을 치켜세우며 깃털부채를 휘둘렀다.

쏴아아아아!

깃털부채는 용오름을 만들어 박현의 손을 휘감았다.

그 힘이 상당해 순간 박현의 손이 하늘로 치켜세워졌다.

하지만 그것이 끝이 아니었다.

사리는 다이텐구와 영적으로 연결되어 있는지 갑자기 요동을 쳤다. 그 반발이 얼마나 강했던지 순간 사리는 박현의 손에서 튕겨져 올라갔다.

그러자 누가 먼저라고 할 것도 없이 둘의 눈빛이 번뜩였다.

쏴아아!

다이텐구는 황금빛 불법의 기운을 담은 사리를 향해 다시 깃털부채를 휘둘렀다.

그러자 또 다른 돌풍이 뻗어 나가 사리를 휘감았다.

턱!

사리가 다이텐구에게로 향하려는 순간, 박현이 허공으로 몸을 띄워 사리를 움켜잡았다.

하지만 공기 자체를 끌어당기는 바람의 힘이 순간이지만 더 강했을까, 사리를 움켜쥔 박현의 몸이 다이텐구 쪽으로 기울어졌다.

팡!

박현은 허공을 밟아 다이텐구의 힘을 버텼다.

하지만.

다이텐구는 진신인 반면, 박현은 힘의 태반이 봉인이 된 인간체.

"크르르."

박현이 인간의 육체를 찢고 흑호로 변하려는 그때였다.

"……!"

흑호로 변하는 박현의 눈매가 순간 굳어졌다.

'꾹!'

굳어진 눈은 희미하게나마 일그러졌다.

치직—

그 이유는 사리가 박현의 진체에 동화되기 시작했기 때문이었다.

미약하게 흡수된 사리의 기운은 예상한 바대로 박현의 기운과 충돌하며 손끝을 저릿하게 마비시켰다.

사리를 쥐고 있을 수도.

그렇다고 놓을 수도 없는 난처한 상황.

파지직!

찰나의 짧은 고민 중에도 사리를 감싼 껍데기에 금이 가며 기운이 박현의 손바닥 안으로 스며들기 시작했다.

"고노 야로!"

사리가 깨지기 시작한 것을 알아차린 다이텐구도 다급함과 분노를 숨기지 않았다.

일단 박현에게서 사리를 떼어놓을 참으로 깃털부채를 거칠게 털었다.

그러자 더욱 강한 용오름이 박현의 발아래서 만들어졌다.

이러지도 못 하고, 저러지도 못 할.

진퇴양난(進退兩難).

일단 사리를 자신에게서 떼어놓아야 했다.

그리고 다이텐구의 손에도 들어가서는 안 된다.

박현은 일단 사리를 손에서 놓았다.

수아악—

용오름에 휩쓸린 사리가 머리 위로 튀어오르자.

"크하아앙!"

박현은 인간을 탈을 완전히 탈피해 흑호로 변하며 사리를 앞발로 뒤로 쳐냈다.

톡— 톡— 톡—

사리가 구슬처럼 바닥을 통통 튀며 뒤로 사라지자, 박현은 신력을 터트려 다이텐구가 접근하지 못하게 일종의 기의 장막을 펼쳤다.

쾅!

결국 다이텐구는 깃털부채를 거두며 직접 박현을 향해 몸을 날렸다.

　"크하아앙!"

　그의 몸짓에 박현도 양손의 발톱을 세우며 그를 맞이했다.

　둘이 서로 맞부딪히기 직전.

　툭 툭 툭 툭—

　바닥을 튕기며 구르던 사리가 이 사달에도 잠에서 깨지 않고 잠꼬대로 허우적거리는 서기원의 손에 거짓말처럼 쏙 들어갔다.

　"요 놈 잡았어야! 내 너를 놓아주지 않을 거여야. 내 맛나게 너를 먹어주겠어야! 사랑한다, 메밀묵아!"

　오물오물, 꿀꺽.

　퍼벙!

　박현의 등 뒤에서 무언가 터지는 소리가 울렸다.

　콰르르르르!

　이어 꼭 지진이 난 것처럼 한쪽이 허물어진 법전이 흔들렸다.

쾅! 콰광!

흑호의 박현과 다이텐구는 흔들리는 법전 안에서 부딪혔다.

파지지직— 파직!

둘의 기운이 부딪혀 불꽃을 만들어낼 때였다.

그르르르……

지진이 멈춘 듯 흔들리던 법전이 요동을 멈췄다.

사하아—

그리고 불어온 한 줄기 정적의 바람.

그 바람은 박현과 다이텐구를 스쳐 지나갔다.

"……!"

박현이 눈을 부릅떴고.

"칙쇼!"

다이텐구는 얼굴을 일그러트렸다.

그리고.

법전이 멈춘 건, 마치 폭풍(暴風)의 전야(前夜)였다고 외치는 것처럼.

콰르르르르—

산사의 법전은 더욱 거칠게 요동을 쳤다.

쏴아아아아—

그리고 법전을 뒤흔드는 기운은 회오리치며 어느 한 곳
으로 모여들기 시작했다.

마치 태풍의 바람이 눈을 향해 달려 나가듯.

"그으으!"

그 중심에 서기원이 있었다.

그는 마치 인형실에 매달린 꼭두각시처럼 무형의 힘에
이끌려 목석처럼 일어났다.

"이 새끼!"

그 모습에 다이텐구의 눈이 돌아갔다.

그리고는 품에서 긴 봉을 꺼내 박현의 있을지도 모를 공
격도 무시한 채 그를 뛰어넘었다.

후우우욱!

그리고는 허공에 떠 있는 서기원의 머리를 향해 봉을 휘
둘렀다.

두웅—

거센 그의 공격에 어울리지 않게 다이텐구의 봉은 마치
완충재에 흡수되듯 부드럽게 튕겨져 나왔다.

그 공격에 서기원의 고개가 다이텐구에게로 돌아갔다.

그리고 감겼던 눈이 떠졌다.

서기원의 눈에서는 도깨비 특유의 푸른 안광과, 불법의 황금빛 안광이 툭툭 끊기듯 서로 번갈아 번득였다.

"칙쇼! 하아앗!"

그 눈빛에 다이텐구는 이를 꽉 깨물며 다시 서기원을 향해 달려들었다.

그리고 무지막지하게 서기원의 몸을 향해 봉을 휘둘렀다.

그러자.

파지지직! 콰광!

서기원의 몸 주변으로 불법의 기운이 흘러나오더니 폭발하듯 다이텐구의 몸을 밀어냈다.

쾅— 우당탕탕탕!

그 기운에 밀린 다이텐구는 허공으로 튕겨져 대들보에 부딪혔다가 바닥에 처박혔다.

"크으!"

쾅!

다이텐구는 바닥을 주먹을 내려치며 다시 몸을 일으켜 세웠다.

다시 서기원을 향해 달려들려 했지만, 그가 내뿜는 기도에 다이텐구의 몸이 굳어버렸다.

서기원은 마치 잠에서 깬 듯한 표정을 지었다.

그리고는 묘한 소리를 내기 시작했다.

"흐아아아!"

"크흐으으!"

"하아아아!"

"크하아아!"

분명 서기원의 입에서 흘러나오는 목소리건만, 하나의 목소리가 아니었다. 마치 남성 4중창을 듣는 듯, 저마다 다른 목소리가 흘러나온 것이었다.

『누가 본(本) 왕을 현세에 깨웠느냐!』

『누가 본(本) 왕을 현세에 깨웠느냐!』

『누가 본(本) 왕을 현세에 깨웠느냐!』

『누가 본(本) 왕을 현세에 깨웠느냐!』

난폭하면서도 광오하며, 정대한 목소리가 서기원의 입을 통해 흘러나왔다.

"아, 안 돼!"

다이텐구는 떨리는 목소리로 서기원을 쳐다보았다.

"안 돼!"

다이텐구는 다급하게 다시 봉을 들어 서기원을 향해 달려들었다.

"네가 감히! 감히 나의 불도(佛道)의……."

다이텐구의 봉이 벼락처럼 서기원의 머리에 꽂힐 때였다.

스으으—

서기원의 어깨에서 반투명한 두 개의 팔이 쑥 튀어나왔다.

그 두 손에는 칼과 창이 들려 있었다.

캉!

그 팔들은, 칼로 다이텐구의 봉을 막고, 창으로 다이텐구의 머리를 후려쳤다.

퍼억!

"끄아악!"

다이텐구는 옆으로 날아가 기둥을 처박혔다.

"꺼어—."

다이텐구는 그 충격에서 벗어나지 못한 듯 기둥을 의지해 겨우 몸을 일으켜 세웠다.

그런 그의 앞에 서기원이 날아와 서서 그를 오연하게 내려다보았다.

『본 왕의 기운과 네놈의 기운이 이어져 있으니, 이 기운은 너의 것이로구나.』

"그, 그렇습니다!"

다이텐구는 일말의 희망을 품고 대답했다.

『크하하하하!』

그러자 다른 목소리가 대소를 터트렸다.

『불법의 힘으로, 불법을 파괴하는 놈이다.』

『안다!』

『텐구로구나. 악이자 신으로 추앙받는 족속들이지.』

『비루하게 천계에서 쫓겨난 개가 대자대비하신 부처님을 모욕한 셈이로군.』

서기원은 마치 혼자 1인 연극을 하듯 말을 주고받았다.

"그, 그건……."

다이텐구는 눈을 굴리며 변명이라도 하려는 듯했지만.

팟!

그는 갑자기 몸을 돌려 도망치기 시작했다.

『허허, 허허허허!』

그러자 어이없는 웃음이 흘러나왔다.

『어디로 도망을 가려느냐!』

그때 또 다른 팔이 서기원의 어깨에서 툭 튀어나왔다.

그러더니 들고 있던 자그만 보탑(寶塔)을 다이텐구에게로 던졌다.

보탑은 그 크기가 서서히 커지더니 산사 법당의 천장을 찌를 듯 거대한 크기가 되어 다이텐구의 몸을 짓눌러 덮쳤다.

"으아아악!"

보탑 아래 깔린 다이텐구는 비명을 질렀다.

『이 한 마리 개를 어찌할꼬?』

『그 전에 어찌 우리의 힘이 이 녀석에게서 핀 것이지?』

누군가의 물음.

『불법을 담은 도깨비라. 허허, 허허허!』

어이없는 웃음이 뒤를 이었다.

『……치우.』

또 다른 누군가의 목소리.

『…….』

『…….』

『…….』

그 말에 다른 목소리들은 갑자기 침묵했다.

『이 천방지방, 치우의 힘을 가지고 있다.』

『…….』

『…….』

『…….』

『환생인가, 후손인가?』

다시 이어진 물음.

*용어

1) 쇼기[將棋]: 쇼기, 일본식 장기다. 일본 장기인
쇼기에는 특이한 점이 있는데, 일단 양 진영의 말의 색
(色)이 같다. 더불어 잡은 상대방의 말을 자신의 말로
활용한다.

4장

『환생인가, 후손인가?』

다시 이어진 물음.

『그게 뭐이 중요하다고.』

『중요하지 않다고?』

『중요하지. 이 녀석이 우리의 힘을 담고 다닐 터인데.』

『우리의 힘을 담고 다니는 게 어디 이 녀석뿐일까?』

『하지만, 이 녀석은 치우의 힘을 이어받았어.』

『그래서?』

『그래서라니.』

『살계를 열자는 소리인가?』

『…….』

『…….』

『…….』

마지막 대화 속 질문에 침묵이 이어졌다.

『해야 한다면..』

침묵 끝에 흘러나온 누군가의 목소리.

쿵!

그때 묵직한 신력이 그들의 기운을 흔들었다.

서기원은, 아니 정확히는 서기원의 탈을 쓴 무언가는 미간을 찌푸리며 고개를 돌려 진원을 쳐다보았다.

진원의 주인공은 다름 아닌 박현이었다.

박현을 빤히 쳐다보던 서기원의 눈동자가 살짝 커졌다.

저벅 저벅 저벅—

그때 법당 안으로 발걸음 소리가 들렸다.

촤라라랑—

그 소리와 함께 혼을 흔드는 방울 소리가 서기원의 머리를 흔들었다.

『재— 미난 아해들— 드, 들, 드, 들이 많군.』

조완희의 무당 방울 소리에 목소리가 깨졌다.

비단 목소리만 깨진 게 아니었다.

서기원의 위로 반투명한 그림자 넷이 모습을 드러내며

흔들렸다.

『용에.』

『대별왕의 아해라.』

서기원은 박현과 조완희를 번갈아 쳐다보았다.

"불법을 수호하는 사천왕(四天王)[1]이시여. 대별왕의 신

제자가 인사 올립니다."

조완희는 그들에게 삼배(三拜)를 올렸다.

『행동거지는 예의 바르나, 기운은 상당히 건방지기 짝이

없구나.』

"뉘시온지요?"

조완희의 물음에 짧지만 정적이 흘렀다.

왜인지 모를 망설임.

『안민(安民)의 신, 동방 지국천왕[2]!』

그런 분위기 속에 지국천왕이 먼저 자신 있게 선창했다.

『악안(惡眼)의 신, 서방 광목천왕[3].』

『위덕(威德)의 신, 남방 증장천왕[4].』

『복덕(福德)의 신, 북방 다문천왕[5].』

『우리는 불법을 수호하는 사천왕이에요!』

서기원이 오른손을 활짝 펼치며 소리쳤다.

아니 사천왕들이 소리쳤다.

솨아아아—

한 줄기 바람이 법당을 훑고 지나갔다고 느껴지는 건 기분 탓만은 아니리라.

"……."

조완희는 너무 당황해서 침묵을.

"흠."

박현은 어이가 없어서 침음을.

"나무관세음보살."

얼어붙은 당래불은 그저 바닥에 머리를 찧으며 부처님을 찾았다.

『험험!』

서기원은 슬쩍 손을 거뒀다.

『누가 하자고 그랬는가?』

그리고 역정을 냈다.

『이보게, 지국!』

『왜, 왜 부르는가?』

『뭐가 어쩌고 저째? 이렇게 소개하는 게 현 속세의 법치라 하지 않았는가!』

『분명 그리 들었다네!』

『어떤 잡놈이 그렇다 하던가?』

『본 신의 권속인 건달바가 그렇다 하였네.』

『건달바? 허구헌 날 음악에 빠져 지내는 그놈 말인가?』

『요즘 한국이 이승의 음악을 선도한다며 다들 이리 소개한다고 하였어!』

지국천왕이 강변했지만 돌아온 건 싸늘한 시선뿐.

『그런데 분위기가 이렇단 말인가?』

『나 참, 이거 얼굴을 들고 다닐 수가 있나.』

『허허!』

『망신살이란 망신살이 다 뻗쳤군.』

『내 이럴 줄 알았어. 저 망할 지국의 말을 듣는 게 아니었는데.』

『이보게, 증장! 언제는 신박하다며 좋다 하지 않았는가!』

『본신이 말인가?』

『그럼 여기에 증장이란 이름을 달고 있는 신이 자네 말고 더 있는가?』

『말이야 똑바로 하라고. 내 언제 좋다 하였나? 세상이 참으로 많이 바뀌었다 하였지.』

『뭐라?』

『그리 보면 어쩔 텐가?』

투닥투닥—

『그만들 하시게.』

사대천왕의 수장인 다문천왕이 한숨을 내쉬며 둘을 말렸다.

하지만.

『그래! 말이 나온 김에. 왜 자꾸 내 칼을 들고 현신하는 겐가?』

『흥! 그러는 자네는 걸핏하면 다문의 비파를 드는가?』

『그래! 말이 나온 김에 나도 말함세.』

무안함에 조용히 관망하던 광목천왕이 끼어들었다.

『왜 자꾸 내 보탑을 들고 가시는가?』

『그깟 보탑 한 번 들었다고 닳는 것도 아니고.』

"아!"

그때 당래불의 신음이 흘러나왔다.

"그래서……."

"그래서 뭐?"

조완희가 물었다.

"사찰마다, 나라마다, 시대마다 사천왕께서 들고 계신 지물(持物)들이 매번 다르거든요. 그래서 수수께끼 풀듯 사천왕들을 일일이 찾아야 해서……."

"……?"

"휴우─. 그래서 큰 논란이 일었었습니다. 해석이 맞네, 틀리네. 법전에 해석의 오류네, 뭐네."

"그게 결국 저 이유였어?"

조완희도 황당하다는 듯 입을 쩍 벌렸다.

"저, 그런데 증장천왕님."

문득 궁금증이 들었는지 당래불이 손을 들었다.

『너는 불제자로구나. 그래, 무엇이 궁금해서 본 신을 부른 것이냐?』

"그게, 간혹 지물로 ……요, 용과 여의주를 들고 계시오던데."

당래불은 흘깃, 박현의 눈치를 보며 물었다.

『험험!』

그 질문에 당황한 증장천왕 역시 슬쩍 박현을 일견했다.

『그게……. 험!』

증장천왕은 곧바로 대답하지 않고 헛기침을 삼켰다.

『본신이 알려주랴?』

지국천왕.

"……예?"

당래불이 당황해 반문했다.

『고얀 놈!』

그러자 지국천왕이 노여움을 터트렸다.

『본신이 알려주겠다는데 머뭇거려?』

"아, 아니옵니다. 제자 귀를 씻고 듣겠나이다."

당래불은 바닥에 바싹 엎드렸다.

『현계와 신계의 경계가 희미했을 적.』

"예."

『태고의 용이 있었다.』

지국천왕이 근엄한 목소리로 입을 열었다.

『그, 그만……, 읍!』

누군가 그의 입을 가린 모양이었다.

『그 용과 증장은 제법 친했었지.』

그리고 박현의 눈이 반짝였다.

『어느 날, 증장과 용이 담소를 나눌 때였어.』

지국천왕의 목소리는 근엄했지만, 장난기가 슬슬 묻어나기 시작했다.

『불법을 해하는 놈들이 세상에 분란을 일으켰어. 그때 증장이 나섰지. 그리고 마침 할 일 없던 용도 따라 나섰던 게야.』

지국천왕은 당래불을 내려다보며 말했다.

『당연히 용은 증장을 도왔고, 또 나선 김에 위신도 세워 주었지.』

서기원을 덮어쓴 또 다른 얼굴이 벌겋게 달아올랐다.

증장천왕이었다.

『그때 인간들은 증장천왕이 용을 부린다 여긴 것이지. 그런데 말이야.』

지국천왕의 목소리가 능글맞게 변했다.

『증장이 딱히 오해를 풀지 않더군.』

"아!"

당래불이 고개를 끄덕였다.

『그 뒤로 증장의 상(狀)에 용과 여의주가 새겨지더군. 크크크크.』

지국천왕의 말이 끝나기가 무섭게.

과르르르르르!

어마어마한 기운이 서기원의 몸에서 터져 나왔다.

그 기운으로 인해 법당이 금방이라도 무너질 듯 흔들렸다.

아니 곧 무너지기 직전이었다.

쿵!

박현이 법당 바닥을 발로 밟았다.

제아무리 불법의 사천왕이라고 해도, 진신이 내려온 것은 아니었다.

그저 서기원의 몸을 빌렸고, 다이텐구가 쌓은 법력에 의한 것이었으니, 그 힘이 거대하다 해도 박현의 힘을 능가하지는 못했다.

박현의 기운은 서기원의 몸에서 뻗치는 힘을 한순간 잡아먹어 버렸다.

『흠!』

그 힘에 증장천왕이 묵직한 침음을 삼켰다.

『내 그대를 잊고 있었군.』

『용의 탈을 쓴 뱀…….』

『지국, 눈을 똑바로 뜨고 봐라.』

『흐음!』

서기원이 몸이 훌쩍 떠올라 박현 앞에 섰다.

『너는 누구냐?』

"그러는 그대는 누군가?"

박현이 되물었다.

『그대에게서 내 친우의 향이 느껴지는구나.』

증장천왕.

『그 친우가 환생을 택했을 리는 없고, 그의 아들이더
냐?』

그 물음에 박현이 고개를 끄덕였다.

『속을 알 수 없는 친우였지.』

"……?"

묘한 말에 박현이 고개를 갸웃거렸다.

『그 녀석답게 기이한 놈을 낳았군.』

그 말을 끝으로 증장천왕이 뒤로 물러났다.

"그게 무슨 뜻이지?"

박현이 그에게로 다가붙으려 했지만.

쿵!

하늘에서 거대한 삼지극이 뚝 떨어져 둘 사이의 공간을 갈라놓았다.

박현은 불법의 장막을 가로막혀 다가서지 못했다.

힘으로도 가를 수 없는 순수한 불법의 힘이었다.

『시간이 없다네.』

다문천왕.

『이 녀석을 어찌할 건가?』

그 물음에, 나머지 천왕들이 고민에 잠겼다.

『우리의 힘을 허할 것인가?』

『허하지 않으면?』

『죽여야지.』

『죽인다…….』

스르륵!

그런 장막을 뚫고 들어온 이가 있었으니.

조완희였다.

『어찌…….』

다문천왕은 놀라 되물었다.

"대별왕의 권능을 너무 무시하십니다."

『……』

『……』

"한반도에 불법을 열 수 있었던 이유를 잊으셨는지요."

조완희가 담담히 웃음을 지었다.

"부처께서는 저승에 지옥마저 바치며 허락을 구하셨지요."

『이노옴!』

다문천왕이 분노를 터트렸다.

"그리 역정을 내셔도 소용없습니다."

『감히 부처를 욕보이는 것이냐?』

조완희는 고개를 저었다.

"그럴 리가 있겠습니까?"

『아니고서는!』

"명부전(冥府殿)⁶⁾!"

『……!』

"그대들이 지어 바친 것이 아닌지요!"

그 말에 다문천왕의 눈동자가 흔들렸다.

"또한! 불교의 팔열지옥(八熱地獄)과 팔한지옥(八寒地獄)⁷⁾이 왜 한반도에는 없는지. 모르는 바는 아니시지요?"

『……』

"설마 이 대별왕의 신제자인 제게 십대지옥이 불교의 것이라 말씀을 내리시지는 않겠지요?"

『…….』

"불교가 한반도의 신앙을 품은 것이 아니라!"

조완희의 눈에서 시퍼런 기운이 흘러나왔다.

"대별왕의 허락이 있었음을! 모르는 바가 아닐 것이라 믿사옵니다!"

조완희의 목소리가 터졌다.

『이놈! 여기는 네가 설칠 한반도가 아니니라!』

그에 질세라 다문천왕의 목소리도 터졌다.

"일본의 신은 죽었고, 이 땅은 대별왕의 땅이 될 것이옵니다!"

『어불성설!』

"보여드리오리까?"

쏴아아아아아—

조완희의 몸에서 저승의 기운이 흘러나오기 시작했다.

촤라라랑—

무당방울이 울리고.

"영가영가 금일영가 추원제자 공덕으로 금일원한 풀으시고 왕생극락 가옵소서. 인간들이 태어날 적 선하게도 태어나서 인간세월 살아갈 때 많은 죄업 지었다면……."

조완희가 십대왕 지옥 본풀이를 읊자.

화아아아아—

주변으로 저승의 기운이 뿌려지기 시작했다.

『오랜만이로구나. 수미산 아해들아.』

*　　　*　　　*

아침 햇살이 가려지고, 밝지도 어둡지도 않은 기이한 빛이 법당 안을 채웠다.

동시에.

산사 법당이 세상과 분리가 되는 듯, 법당 밖 풍경이 급격히 멀어지다가 흐릿하게 사라졌다.

그리고 유일한 빛이 하늘에서 내려와 조완희의 위를 비췄다.

조완희의 위.

빛 아래.

소박한 백의(白衣)를 입은 신이 모습을 드러냈다.

『……대별왕을 뵈옵니다.』

다문천왕은 잠시 머뭇거리다가 허리를 깊게 숙여 예를 표했다.

나머지 세 천왕도 다문천왕을 따라 예를 올렸다.

『본신에게 불만이 많다고?』

대별왕이 묻자, 다문천왕의 얼굴이 일그러졌다.

『아니옵니다. 언제나 넓은 아량에 감사하고 있사옵니다.』

『그래?』

비아냥인지, 아니면 확인인지 모를, 감정이 드러나지 않는 목소리로 되물었다.

『그러하옵니다.』

다문천왕은 착 가라앉은 대별왕의 눈빛에 입술을 지그시 깨물며 다시 고개를 숙였다.

『그런데 어찌 본신이 현신하게 만들었는고?』

『…….』

그 물음에 다문천왕은 순간 답을 하지 못했다.

대별왕은 시선을 돌려 다른 천왕들도 내려다보았다.

『…….』

『…….』

『…….』

그들도 대답이 없기는 매한가지.

『수미산 아해들아.』

대별왕이 다시 그들을 불렀다.

『예.』

『부처를 향한 그대들의 충성 된 마음을 모르는 바는 아니나. 땅을 잃은 부처를 위해 내 땅 한 켠을 내어준 은혜마저 잊지는 말라.』

여전히 어조의 고하가 없으나 대별왕이 내뿜는 위압감은 사천왕의 무릎마저 흔들 정도로 무겁게 변했다.

『……명심하겠나이다.』

다문천왕은 입술을 다시금 깨물어야 했다.

『그리고.』

『……?』

끝날 줄 알았던 말이 끝나지 않자, 다문천왕은 저도 모르게 대별왕을 쳐다보았다.

그와 눈이 마주치자 다문천왕은 화들짝 다시 고개를 숙였다.

사천왕은 최대한 공손함을 보이나, 아닌 이도 있었다.

광목천왕이었다.

마음에 안 드는지 인상을 쓰고 있었다.

『광목.』

대별왕이 광목천왕을 불렀다.

그 부름에 광목천왕도 어쩔 수 없이 고개를 들었을 때였다.

쾅!

그런 그의 등 뒤로 거대한 쇠창살이 뚝 떨어졌다.

쾅! 쾅!

하나가 아니었다.

연이어 그의 좌우로 쇠창살이 뚝 떨어져 땅에 깊숙이 박혔다.

저승의 옥(獄).

남은 건 바로 앞 한 면뿐.

『부, 부처께서 요, 용서하지 않을 것이옵니다!』

광목천왕은 그의 이름처럼 눈을 부릅뜨며 말했다.

하지만 가슴 깊숙이 묻어나오는 공포만은 어쩔 수 없는 듯 목소리는 가늘게 떨렸다.

『어느 부처?』

『…….』

『싯다르타를 말하는 것이냐? 아니면 아직 오지 않은 26번째 부처인 미륵불을 말하는 것이냐?』

대별왕의 목소리는 여전히 고저가 담기지 않았으나 사천왕을 짓누르는 힘은 더욱 거세졌다.

『그도 아니면 서방정토 밖으로 한 걸음도 나오지 않는 옛 부처인 아미타래여래를 말하는 것이냐?』

드르륵!

광목천왕의 삼면을 둘러싼 쇠창살이 대별왕의 감정을 대변하듯 파르르 떨렸다.

『……원하시는 바가 무엇인지요?』

이유 없는 핍박은 없다.

결국 다문천왕이 나섰다.

『…….』

그 물음에 대별왕은 아무런 답을 하지 않았다.

답이 없어서가 아니었다.

원하는 바가 없어서도 아니었다.

그는 대별왕이기에.

먼저 말하지 않을 뿐.

듣는 이가 알아서 원하는 바를 바쳐야 했다.

『혹여.』

서기원의 몸 밖으로 다문천왕의 몸이 쑥 빠져나와 목상처럼 우두커니 서 있는 서기원을 쳐다보았다.

『이 아이. 치우를 말씀하시는 건지요?』

『그저 내 아픈 손가락이었을 뿐이니.』

혼자만의 탄식일까.

아니면 명일까?

무엇이었든 사천왕에게는 명이나 다름없었다.

『아픈 손가락이 더는 아프지 않게…… 우리의 힘을 온전히 남겨두겠습니다.』

다문천왕이 눈을 질끔 감았다가 뜨며 말했다.

그제야 대별왕의 입가에 희미한 미소가 지어졌다.

『그리고.』

다문천왕은 고개를 돌려 박현을 쳐다보았다.

『저 아이도…….』

유일하게 이 공간에 들어선 박현의 눈이 번쩍 떠졌다.

하지만.

대별왕이 손을 젓자, 거대한 힘이 박현의 몸을 부드럽게 감싸 뒤로 밀어버렸다.

마치 수십, 수백 킬로미터 밀린 듯 아득한 공간을 지나 법당 밖으로 튕겨져 나갔다.

퉁—

저승의 공간을 나가자, 마치 시간이 멈춘 듯 세상은 멈춰 있었다.

그리고 자신의 몸도 허공에 갇혀 있었다.

다시 법당 안으로 들어가기 위해 몸부림쳤지만, 털끝 하나 움직이지 않았다.

흐르는 건, 오로지 생각의 흐름뿐.

얼마의 시간이 흘렀을까.

억겁의 시간인 듯도 하고, 찰나의 사간인 듯도 했다.

펑!

온몸을 속박한 것들이 터지며 박현은 원래의 시간 흐름으로 들어와 마당으로 내려섰다.

내려서자마자 본 건.

마치 안과 밖의 시간이 흐름이 달랐던 듯, 법당 밖에 머리를 조아리고 있는 당래불과 안이 궁금해 기웃거리는 망치 박과 이승환의 모습이었다.

안과 밖의 시간의 흐름이 같아지자, 박현은 대별왕과 사천왕을 대면하기 위해 다급히 법당 안으로 다시 뛰어들어 갔다.

콰콰광!

박현이 법당 안에 발을 들이기가 무섭게, 다이텐구를 짓누르고 있던 보탑이 산산이 부서지며 사라졌다.

"큽!"

그러자 다이텐구가 재빨리 날개를 활짝 펼치며 하늘로 날아올랐다.

자연스레 밖으로 나가려는 다이텐구와 안으로 들어서는 박현이 서로 부딪힐 수밖에 없었다.

"비켜라!"

다이텐구가 긴 봉을 휘둘렀고, 일단 그 공격에 박현이 급히 흑호의 진체를 깨우려는 그때였다.

다이텐구의 등 뒤로 인영이 뚝 떨어져 내렸다.

육중한 갑옷에 도깨비 가면.

가면의 형상은 박현에게도 익숙한, '붉은 악마'로 불리는 치우천황을 상징하는 가면이었다.

'서기원?'

몸집도 좀 더 커져 있었고, 얼굴도 가려져 있었지만 박현은 본능적으로 치우의 가면을 쓴 이가 서기원임을 알아차렸다.

서기원은 박현을 흘깃 쳐다본 후, 솥뚜껑 같은 큼지막한 손으로 빠르게 하늘을 비상하는 다이텐구의 발목을 움켜잡더니.

쾅! 쾅! 쾅!

마치 도리깨질을 하듯 연신 다이텐구를 바닥에 찧었다.

그 힘이 얼마나 강했던지, 한 번 찧을 때마다 법당 마루가 움푹움푹 부서져 나갈 정도였다.

하지만, 인간이라면 모를까 다이텐구의 입장에서는 그다지 큰 충격이 아니었다.

팽!

다이텐구는 몸을 틀며 서기원의 눈을 향해 봉을 내질렀다.

기습도 기습이었지만 그 속도가 얼마나 빠른지 서기원도 온전히 피하지 못할 정도였다.

창!

봉 끝이 치우천황의 가면을 스치며 불꽃이 튀었다.

"크르르."

서기원이 낮게 울었다.

그러자 가면 밖으로 툭 튀어나온 호랑이의 것처럼 보이는 어금니가 유독 두드러져 보였다.

"흐앗!"

찰나의 틈.

다이텐구는 몸을 다시금 비틀며 서기원의 머리로 봉을 휘둘렀다.

파자작!

봉은 허망하리만큼 수수깡처럼 부서졌다.

"어, 어찌……."

다이텐구는 자신의 봉이 어이없을 정도로 가볍게 부서지자 순간 놀라 말을 잇지 못하며 눈을 동그랗게 떴다.

서기원은 아무렇지 않은 듯 목을 두어 번 꺾으며 다이텐구를 머리 위로 번쩍 들어올렸다.

콰앙—

그리고는 그를 다시금 바닥으로 내리꽂았다.

"끄으으!"

다이텐구는 몸부림을 치듯 움푹 꺼진 바닥으로 기어나왔다.

쿵!

그리고 그의 앞에 디뎌지는 발을 따라 고개를 들어올렸다.

치우의 가면.

그리고 전장의 갑옷.

"군신(軍神)……."

이자 전쟁의 신으로 불린 치우천황이 서 있었다.

그가 내뿜는 전장의 기운은 다이텐구의 머릿속을 하얗게 탈색시키기에 부족함이 없었다.

아무리 그가 텐구들의 수장이라고 해도.

죽음에 가장 가까운 곳, 피가 마르지 않는 살육의 전장의 기운을 마주하기란 요원한 법.

다이텐구의 새하얀 머릿속에 떠오른 건 단 하나.

도망.

다이텐구는 깃털 부채에 슬쩍 흙가루를 묻혀 서기원의 눈으로 뿌렸다.

솨아아아!

흙가루를 실은 바람이 묘하게 휘날리며 서기원의 머리를 뒤집어쓰려는 그때였다.

번쩍!

서기원의 허리에서 반월의 은색 빛이 그려졌다.

그 반월은 결국 피를 끄집어내고 말았다.

서걱!

은빛 반월 위로 피로 붉게 물들어가는 깃털 부채와 그 부채를 움켜쥐고 있는 팔이 떠올랐다.

"으으으! 으아악!"

다이텐구는 잘리 팔을 움켜쥐며 몸을 돌려 허공으로 뛰어올랐다.

그리고 날개가 활짝 펼쳐지기도 전에.

서걱!

다시금 커다란 대도가 만들어낸 반월의 달무리가 그의 몸을 반으로 가르고 지나갔다.

푸드득— 푸득!

반으로 갈라진 다이텐구의 피를 밟으며 서기원은 본능적으로 고개를 틀었다.

바로 박현의 날카로운 시선 때문이었다.

저벅 저벅 저벅!

묵직한 투기를 날리며 서기원이 박현 앞으로 다가가 섰다.

척!

서기원은 대도에 묻은 피를 툭 털더니 아무렇지 않게 박현의 어깨에 칼날을 걸쳤다.

여차하는 순간 칼날이 박현의 목으로 파고들 터.

박현의 눈매가 가늘어졌고, 그에 맞춰 서기원이 입을 열었다.

"메밀묵을 내놓아야!"

*용어

1) 사천왕(四天王): 혹은 사대천왕(四大天王), 호세
사천왕(護世四天王)이라 불리는 신으로 불법과 불법에
귀의한 줄제자들을 수호하는 호법신이다. 한국 사찰에
들어서면 일주문과 본당 사이에 무서운 네 명의 신이
존재하는데, 그들이 바로 사천왕이다. 그리고 그들이
세워진 전각이 천왕문(天王門)이다.

2) 지국천왕: 수미산 동쪽 황금타에 살며, 안민의 신
이다. 얼굴은 푸르고 왼손에는 칼을, 오른손은 허리를
집고 있거나 보석을 들고 있기도 하다. 권속으로는 음
악의 신 건달바 등이 있다.

3) 광목천왕: 수미산 동쪽 백은타에 살며, 눈을 부
릅떠 그 위엄으로 나쁜 것을 몰아낸다 하여 악안 광목
이라 불린다. 여러 색이 도는 화려한 갑옷에 붉은 관을
쓰고 있으며 오른손에는 삼차극, 왼손에는 보탑을 들
고 있다. 권속으로는 비사사가 있다.

4) 증장천왕: 수미산 남쪽 유리타에 살며, 몸은 적육
색에 노한 눈을 뜨고 있다. 오른 손에는 용, 왼손에는
여의주를 들고 있다 한다. 권속으로는 구반다 등 무수
한 귀신들이다.

5) 다문천왕: 수미산 북쪽 수정타에 살며, 얼굴이 검은색이다. 비파를 들고 있으며 권속으로는 야차와 나찰 등이 있다.

※참고: 사천왕의 지물(持物)은 나라와 시대, 지역별로 각기 상이하여 단정 짓기가 어렵다.

6) 명부전(冥府殿): 지장보살을 주(主)하여 명부시왕을 보신 법당. 명부전은 원래 불교의 것이 아님을 불교학자들도 인정을 하고 있다.

7) 팔한지옥(八寒地獄): 불교의 지옥은 뜨거운 불길로 형벌을 받는 팔열지옥과 혹독한 추위로 형벌을 받는 팔한지옥으로 나뉜다.

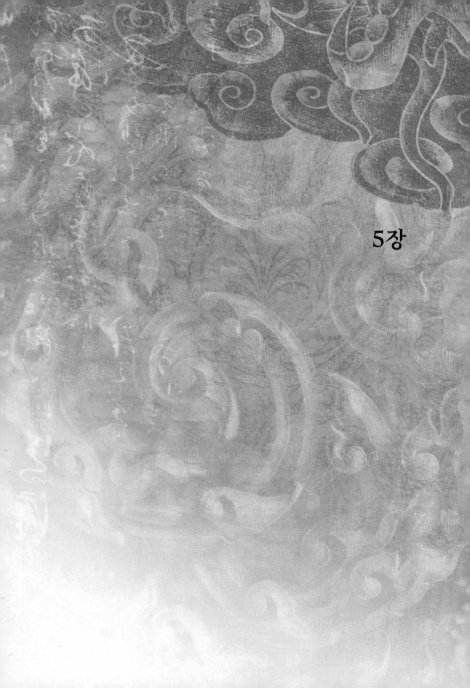

5장

파라라랑~

마치 뱀이 혀를 날름거리듯 칼날이 파르르 떨며 살갗을
긁었다.

"어서 내놓아야!"

박현은 그런 가면의 눈구멍 안을 직시했다.

눈구멍 사이로 시퍼런 안광이 흘러나오고 있었지만, 서
기원의 눈꺼풀은 분명 감겨져 있었다.

"......?"

"이, 이놈! 어딜 도망가야?"

이어진 호통.

어디서 많이 듣던 레퍼토리였다.

"내 기필코, 너를 잡아 꼭꼭 씹어 먹어주겠어야……."

그리고, 말과 말 사이에.

"드르렁."

박현은 손가락으로 칼날을 살짝 들며 옆으로 반걸음 비켜섰다.

"어라리야? 니가 시방 지금 나 앞에서 이태리 꼬부랑 국수인 푸실리 파스타인 척, 냉샐러드인 척하는 거여야? 어? 나를 뭐로 보고야! 내 괘씸해서라도 너를 한 입에 쓸어 담아 꿀꺽 해야겠어야. ~쿨."

스윽!

서기원이 칼날을 당겼다.

"그러니 좋은 말로 할 때 곱게 와야. 동동주도 너를 기다리고 있어야!"

쑤아아악— 샤샤샥!

서기원은 칼날을 당기더니 아무것도 없는 허공을 향해 힘껏 대도를 휘둘렀다.

맹공이 제법 매서워 박현은 축지로 좀 더 거리를 두며 떨어졌다.

그 사이 서기원은 대도로 빛 광(光) 자를 그려내고 있었다.

팡팡팡!

대도는 다시금 공기를 터트렸다.

"잡았다, 이놈! 으하하⋯⋯."

속 시원한 웃음은.

"드르렁, 쿨~ 음냐냐, 쩝쩝."

입맛을 다시는 코골이로 바뀌었다.

박현은 서기원의 용맹하고 매서운 잠꼬대에 한숨을 내쉬며 그의 뒤로 다가가 뒷목을 후려쳤다.

퍽!

"꽤액!"

서기원은 돼지 멱 따는 소리와 함께 앞으로 고꾸라졌다.

스스슥—

그러자 그의 몸을 덮고 있던 갑옷이 연기가 되어 사라졌다. 아니 정확히는 연기처럼 변해 그의 몸으로 스며들었다.

바닥에 내팽개쳐진 개구리처럼 팔 자로 뻗은 서기원은.

"으헉!"

화들짝 몸을 떨더니 용수철처럼 몸을 다시 튕겨 섰다.

그리고는 주먹을 움켜쥐며 주변을 두리번거렸다.

"휴우—."

이내 박현을 보더니 안도의 한숨을 내쉬었다.

"꿈이었어. 으으으으!"

서기원은 목을 웅크리며 얼굴을 바르르 떨었다.

"내 살다 살다 이렇게 무서운 꿈을 꿀 줄은 몰랐어야."

박현은 수다를 터트리는 서기원을 무시하며 조완희를 찾았다.

"그게 무슨 꿈인지 알아야?"

서기원이 금세 옆으로 다가붙었다.

"글쎄 말이어야, 어떤 조류 새끼가 내가 먹을 메밀묵을 훔쳐 달아나지 않겠어야. 그래서 쫓아가서 그놈을 후려잡은 뒤 다시 메밀묵을 먹으려 하는데!"

서기원은 양손을 활짝 펼치며 격앙된 목소리로 말을 한 박자 쉬었다.

그 한 박자 속에서 몸을 한 차례 떨더니.

"그놈이 갑자기 꼬부랑 이태리 국수로 변신을 하는 게 아니었어야. 미치고 환장을 할 노릇이어야. 그런데 가만히 보니 요것이 교묘하게 둔갑을 한 것이어야."

서기원은 눈을 가늘게 만들며 손가락으로 허공을 쿡쿡 찔렀다.

"어디 내 눈을 속이려고 그래야. 흥!"

서기원은 콧방귀까지 뀌며 말을 이어갔다.

"그래서 내가 젓가락으로 그 녀석을 푹 찔러서 한 입 입에 넣으려고 했는데……, 으메! 맞아야!"

서기원은 화들짝 놀라 소리쳤다.

"거기에서 깼어야. 내 메밀묵! 나의 메밀묵!"

서기원은 무릎을 꿇으며 절규했다.

"맛도 못 봤는데! 깼어야! 깼어……, 어라야? 어디 가야?"

서기원은 자신에게서 멀어지는 박현을 보자 언제 그랬냐는 듯 자리에서 벌떡 일어났다.

조완희는 방석 위에 무릎을 꿇고 앉아 있었다.

미동조차 없는 것을 보면 정신을 잃은 모양이었다.

"야는 왜 이렇게 자고 있어야?"

서기원이 고개를 쑥 내밀며 물었다.

"흠."

박현은 답답한 듯 침음을 삼켰다.

보아하니, 대별왕이 자신뿐만 아니라 조완희의 의식마저 닫은 모양이었다.

'왜?'

왜 모두들 자신에 대한 것을 감출까.

자신에게 흐르는 또 다른 피.

『이 할애비가 일단 용이 되라고 말한 건 기억하느냐?』

'예. 기억합니다.'

『네 안에 또 다른 피가 흐르는 것도 알지?』

황금빛 기운.

'예.'

박현의 눈빛이 순간 딱딱하게 굳어졌다.

『그 피 또한 고귀하다.』

'제 어머니입니까?'

『거기까지는 이 할애비도 모른다.』

해태는 고개를 저었다.

'그러면.'

『하지만 고귀한 피임은 확실하다.』

'제 다른 피는 누구로부터 온 것이옵니까?'

해태의 표정이 다부지게 바뀌었다.

『굳이 알려 하지 마라. 때가 되면 알게 될 것이다.』

'알려 하지 말라니요!;

『그저 용으로 살거라. 그리고 네 속에 잠든 피는 잊거라.』

용으로 살아가라는 해태의 마지막 유언.

그 말이 다시금 떠올랐다.

'할아버지.'

박현은 고개를 들어 뻥 뚫린 지붕 위 하늘을 올려다보았다.

'본인은 어찌합니까?'

하늘에는 구름 한 점 보이지 않았다.

'그저 잊고 살면 되는 것입니까? 그리하면 되는 겁니까?'

박현은 번뜩이는 눈빛을 감추며 주먹을 꽉 쥐었다.

'이제 그리는 못 합니다. 알아야겠습니다.'

박현은 조완희를 지그시 내려다보았다.

*　　　*　　　*

오사카, 외곽 어느 사찰.

카라스텐구가 단 위에 모셔둔 갑옷과 그 아래 놓인 소도(小刀), 그리고 장병기인 나기나타[薙刀][1]를 쳐다보고 있었다.

"준비를 마쳤습니다."

고슴도치의 가시털처럼 머리카락이 쭈뼛 세워진 사내가 안으로 들어왔다.

요스즈메(夜雀)[2].

카라스텐구의 직속 요괴였다.

"갑옷을 입으시겠습니까?"

"그래."

그 명에 요스즈메는 조심스럽게 카라스텐구의 갑옷 앞으로 걸어가 정자세를 취한 후, 손바닥을 두들겨 절을 올렸다. 그 후 조심스럽게 갑옷을 들 때였다.

쨍—

경건한 자세로 그 모습을 보던 카라스텐구의 눈이 부릅떠졌다.

"잠깐!"

카라스텐구가 소리쳤다.

그 소리에 요스즈메가 화들짝 놀라며 재빨리 뒤로 물러났다.

파직— 파지직—

카라스텐구의 몸에서 황금빛 기운이 튀어나오며 불꽃을 튕겼다.

불안하게 일렁이던 그 황금빛 불꽃이.

퍼석!

일제히 터지며 하얀 연기가 되어 사라졌다.

"주, 주군."

그 모습에 너무 놀란 요스즈메가 얼른 무릎을 꿇으며 그를 불렀다.

"……."

카라스텐구는 아무 말 없이 자신의 손과 팔, 그리고 몸을 이리저리 살폈다.

"하하, 으하하하하!"

그러더니 웃음을 크게 터트렸다.

"일작(一雀)."

"하이."

카라스텐구의 부름에 요스즈메의 우두머리인 일작이 대답했다.

"모두 대기시키도록."

"하이?"

"잠시 대기다."

카라스텐구가 자리에서 일어나 날개를 활짝 펼쳤다.

"하이!"

카라스텐구는 복명을 들으며 하늘로 날아올랐다.

그가 하늘을 가르고 도착한 곳은 도쿄 어느 유곽(遊廓)이었다.

허름한 5층 건물의 옥상에 내려섰다.

"쯧."

카라스텐구는 호스트바부터 해서 풍속점까지, 노골적인 광고판을 보며 혀를 찼다.

끼익—

그러는 사이 옥상 문이 열리며 새하얀 기모노를 입은 여인이 모습을 드러냈다.

"오네상[언니]께서 기다리고 계십니다."

온나텐구 휘하에 있는 유키온나[雪女, 설녀][3]가 그를 아래층으로 안내했다.

아래층으로 내려가자, 허름한 건물 외곽과 달리 내부는 화려함의 극치를 달렸다.

유키온나의 안내로 붉은색 창살로 이뤄진 장지문을 열고 방 안으로 들어가자 반쯤 헐벗은 몸으로 젊은 남자들에게 시중을 받는 온나텐구가 있었다.

"나가."

온나텐구의 명에 약에 취한 듯한 남자들이 비틀거리며 밖으로 나갔다.

"큼!"

카라스텐구는 코끝을 찡그리며 손을 저었다.

덜컹!

그러자 창문이 활짝 열리고, 바람 몇 줄기가 방 안의 공기를 밖으로 내쫓았다.

카라스텐구는 상쾌한 표정을 지으며 온나텐구 앞에 앉았다.

"내가 왜 왔는지 알겠지?"

"알지, 왜 모를까?"

온나텐구도 씨익 웃었다.

"불쌍한 다이텐구."

온나텐구는 소매로 눈가를 찍으며 있지도 않은 눈물을 닦았다.

"그 불쌍한 놈이 누구한테 죽었을까?"

"왜?"

"너는 안 궁금해?"

"궁금은 하지."

"그럼?"

"글쎄."

온나텐구는 담배를 입에 물며 묘한 웃음을 지었다.

"텐구들의 족쇄가 풀렸겠다……. 앞으로 어찌 되려나? 흐응."

온나텐구는 간드러지는 웃음을 내뱉었다.

*   *   *

옥상 한켠.

온나텐구는 아담한 정원 정자에 반쯤 기대앉아 곰방대를

입에 물었다.

"후우—."

온나텐구의 담배 연기가 하늘에 닿을 때쯤이었다.

하늘에서 검은 날개를 푸덕이며 한 인형이 내려섰다.

붉은 얼굴에, 길다란 코.

하얀 승복에 검은 날개.

승복의 색과 날개 색만 반대로 바꿔 대비하면 누가 봐도 죽은 다이텐구와 똑같았다.

쿠라마텐구(鞍馬天狗)[4].

죽은 다이텐구의 쌍둥이 동생이자, 다이텐구의 이름을 형에게 빼앗겨 쿠라마란 이름을 쓰고 있는 텐구였다.

달그락 달그락—

그는 나무로 된 게다 특유의 소리를 내며 몇 걸음 내디딘 뒤, 허공으로 몸을 날렸다.

"카라스도 와 있었군."

쿠라마텐구는 슬쩍 웃음을 지으며 정자 위로 몸을 띄웠다.

그러자 방석 하나가 자연스레 바닥에 깔렸고, 쿠라마텐구는 그 위에 앉았다.

"차 내오너라."

존중은 없었다.

하녀를 대하듯 쿠라마텐구는 고고하게 부채를 펼치며 명을 던졌을 뿐이었다.

일방적인 명에 유키온나에게서 서늘한 한풍이 새어 나왔다.

"하?"

그 매서운 한파에 쿠라마텐구는 어이없는 듯 콧방귀를 뀌었다.

문제는 쿠라마텐구는 그냥 넘어갈 이가 아니라는 것이었다.

"하찮은 계집 주제에, 텐구 중에 텐구인 이 몸에게 살기를 일으켜?"

쿠라마텐구가 유키온나를 노려보며 부채를 접자.

땡—

온나텐구도 그에 맞춰 재떨이에 곰방대를 툭 두들겼다.

펑!

그러자 유키온나 앞에서 폭발이 일었다.

그 폭발에 유키온나는 뒤로 튕겨져 나갔지만, 주변에 몰아친 눈보라가 그녀의 몸을 부드럽게 감싸안았다.

"쿠라마."

온나텐구는 다시 곰방대를 입에 물며 그를 불렀다.

"누가 보면 이제 네가 다이텐구인 줄 알겠어."

"그 이름은 이제 내 것이지."

쿠라마텐구는 당연하다는 듯 오만하게 턱을 들어올렸다.

"과연 그게 네 것이 될까?"

온나텐구가 이죽거리자, 쿠라마텐구의 표정이 급격히 굳어졌다.

"내 피에는 위대한 다이텐구의 피가 흐른다."

"아니."

카라스텐구의 목소리가 끼어들었다.

"너의 피에는 쿠라마의 피가 흐를 뿐. 다이텐구는 쿠라마의 이름을 네게 준 다이텐구가 그 스스로 올라선 것이지."

쿠라마텐구의 표정이 더욱 딱딱해져 갔고, 카라스텐구의 말은 끝나지 않았다.

"다이텐구. 그 이름은 우리가 준 것이다."

"이! 이!"

쿠라마텐구가 뭐라 말을 하려 했지만, 카라스텐구의 말이 그 말을 잘랐다.

"그가 스스로 붙인 게 아니다."

"날 인정하지 못한다는 말이냐?"

"인정은 하지."

카라스텐구의 말에 쿠라마텐구의 표정이 급격히 환해졌다.

"텐구의 팔좌(八座), 아니 칠좌(七座)의 일인으로. 쿠라마의 텐구로서. 평등한 동격으로서."

카라스텐구는 씨익 입꼬리를 말아올렸다.

"……!"

"이제 우리에게 다이텐구는 없다. 평등한 칠좌의 텐구들만 있을 뿐이다."

카라스텐구는 고개를 돌려 온나텐구를 쳐다보았다.

"그대 생각은 어때?"

"어떻게 찾은 자유인데, 다이텐구라니……."

온나텐구는 쿠라마텐구의 얼굴로 연기를 후~ 내뿜었다.

"으으으! 그런 끔찍한 말을."

짓궂은 표정을 지으며 온몸을 떨었다.

쿠라마텐구의 표정이 구겨질 때였다.

마치 약속이라도 한 것처럼.

스윽!

누군가는 바닥에서.

화아악!

누군가는 하늘에서.

텐구들이 속속 모습을 드러냈다.

"흐흐흐."

"하하하!"

거의 동시라고 해도 과언이 아닐 정도로 모습을 드러낸 텐구들은 서로 눈이 마주치자 기다렸다는 듯이 웃음을 터트렸다.

"이 좋은 날, 분위기가 왜 이렇게 심각해?"

카와텐구[川天狗][5]가 정자로 오르며 물었다.

"쿠라마텐구께서 다이텐구가 되시겠다고 그러시네?"

"누가 뭘?"

카와텐구는 놀랍다는 표정을 지으며 쿠라마텐구를 내려다보았다.

"온나텐구여, 농을 진심으로 받아들이면 쿠라마텐구의 낯이 뭐가 되나?"

텐구이면서도 이름에 텐구라는 글자를 지니지 않은 구힌이 쿠라마텐구의 어깨를 툭 치며 지나갔다.

"이제 다 모였군."

카라스텐구는 쿠라마텐구는 본체만체, 온나텐구를 시작으로 구힌, 카와텐구, 아쿠텐구[惡天狗][6], 이즈나곤겐[權現][7]을 쳐다보았다.

"다들 느꼈으니 이리 모인 것이겠지?"

그 말에 텐구들은 다들 비릿한 웃음을 드러냈다.

"아무렴, 그걸 못 느꼈을까? 수백 년의 족쇄가 사라졌는데."

구힌.

"이제 우리에게는 다이텐구는 없다."

카라스텐구의 말에 모두가 그를 쳐다보았다.

"그래서?"

아쿠텐구가 물었다.

"앞으로 칠좌의 텐구만 있었으면 하는데, 어떤가?"

카라스텐구가 웃었고.

"당연한 소리를 뭘 그렇게 폼을 잡고 이야기하나?"

아쿠텐구도 웃었다.

"칠좌의 텐구라."

카와텐구는 그 호칭이 마음에 드는 듯 흡족한 미소를 지었다.

"하하하하!"

구힌은 시원하게 웃음을 터트렸다.

모두가 흡족한 그때.

유일하게 쿠라마텐구만은 뚱한 표정을 지었다.

"그대는 불만인가?"

카라스텐구가 웃으며 물었다.

하지만 눈은 웃지 않고 있었다.

다른 텐구들도 쿠라마텐구를 쳐다보았다.

그들의 눈도 웃지 않았다.

"그러고 보니 다이텐구가 되겠다고 했다던가?"

"진정 다이텐구가 되고 싶은 겐가?"

"설마 진심일까?"

명백한 비웃음.

"우리는 칠좌를 제안했고, 그대가 다이텐구가 되고 싶다면 우리를 꺾어야 할 텐데, 할 텐가?"

카라스텐구의 노골적인 협박까지.

쿠라마텐구는 이를 꽉 물었다.

"대답이 없군."

구힌이 으르렁거리며 말했다.

이 자리에 모인 이들 모두가 하나같이 매서운 눈으로 쿠라마텐구를 노려보았다.

위대한 이름이자, 그토록 가지고 싶은 이름.

다이텐구.

자신과 똑같은 쌍둥이를 보며 얼마나 앉고 싶던 자리였던가.

이제 자신의 자리가 될 줄 알았건만.

하나, 아니 둘 정도면 모를까.

이 모두를 상대한다는 건 불가능했다.

여차하면 자신을 죽일 터.

죽고 싶지는 않다.

하지만 손에 뻗으면 닿을 것만 같은 그 자리, 다이텐구.

쿠라마텐구의 눈이 시뻘겋게 충혈되기 시작했다.

"겁을 먹은 겐가?"

"천하의 쿠라마의 텐구가?"

"다이텐구의 피가 흐른다 하지 않았나?"

마음속으로 분노가 착착 쌓여갈 때였다.

"결정해."

온나텐구.

"칠좌냐 육좌냐."

온나텐구가 다시 담배 연기를 쿠라마텐구의 얼굴로 내뿜었다.

쿠라마텐구가 모욕감에 몸을 바르르 떨 때였다.

《다이텐구가 되고 싶나?》

전음이 그의 귀를 파고들었다.

그 소리에 쿠라마텐구의 눈이 번쩍 떠졌다.

그리고 자신을 강요하는 눈빛을 발산하는 텐구들을 쳐다보았다.

아무도 은밀한 전음을 알아차리지 못했다.

절대자다.

그렇지 않고서야 텐구들의 이목을 숨기고 은밀히 전음을 전하지 못한다.

그가 자신을 돕는다면.

'될 수 있다!'

다이텐구가 된다.

흥분에 가슴이 마구 요동쳤다.

전음의 주인이 누구든 상관없다.

죽은 쌍둥이, 그도 풍신을 모시지 않았나.

쿠라마텐구는 대답을 하려다가 얼른 입을 닫았다.

쿠라마텐구는 자신을 노려보는 텐구들의 시선에 그들이 알아차릴 수 없을 정도로 얕게 고개를 끄덕였다.

《본인이 악마일지도 모르는데?》

이죽거림.

'악마?'

하지만 그게 무슨 상관이랴.

자신들도 마귀들인데.

쿠라마텐구는 입술을 한 일자처럼 다부지게 만들었다.

"설마 육좌를 선택하는 건 아니겠지?"

그 표정에 온나텐구가 놀랍다는 듯 물었다.

"뭐야, 진짜 우리와 한판 하겠다는 건가?"

구힌이 으르렁거리며 굳은 표정으로 갈등하는 쿠라마텐구를 쳐다보았다.

"낄낄낄."

아쿠텐구는 그게 재미있는 모양이었다.

《네 영혼과 양심을 팔아서라도 다이텐구가 되고 싶다면 본인에게 오라. 설령 다이텐구를 죽인 본인이라도……, 좋다면.》

"그리 만들어줄 수는 있고?"

갈등하던 쿠라마텐구가 입을 열었다.

"뭐라는 거야?"

뜬금없는 말에 구힌이 어이없다는 듯 물었다.

"우리와 대적하겠다는 뜻이냐?"

카라스텐구가 살기를 비추며 물었다.

《뇌신을 죽였고, 풍신을 죽일 본인이다. 원한다면 저들을 그대의 발아래 조아리게 만들어주지.》

"하겠다."

쿠라마텐구가 전음의 제안을 받아들였다.

"뭐라?"

카라스텐구가 자리에서 벌떡 일어났다.

"이 새끼."

텐구들이 우르르 자리에서 일어나 짙은 살기를 내뿜을 때였다.

쾅!

묵직한 기운이 하늘에서 뚝 떨어졌다.

푹!

그리고 쿠라마텐구가 그 자리에서 사라졌다.

그리고

초도의 길 속 어둠에서.

쿠라마텐구는 박현을 마주하고 있었다.

"너는……."

"뭘 묻지? 본인에 대해 짐작하고 있을 터인데?"

박현이 쿠라마텐구를 바라보며 씨익 웃었다.

*용어

1) 나기나타[薙刀]: 장도(長刀)라 불리기도 하는 나기나타는 긴 봉에 완만한 칼날을 더해진 무기이다. 일본의 대표적인 무기 중 하나로, 보통 칼날의 길이는 70cm이며, 자루의 길이는 120~150cm 정도이다. 나기나타는 검과 창, 봉을 겸하는 다양한 공격 기술을 가진 무기이다.

2) 요스즈메(夜雀): 요스즈메(夜雀), 밤참새라는 이름을 가진 요괴로, 참새처럼 '짹짹' 거리며 밤에 나타나, 산길에 나선 이들을 주로 덮친다 한다. 요스즈메의 울음에 씌우면 걷지 못한다 한다.

3) 유키온나[雪女, 설녀]: 대게 유키온나는 창백하게 느낄 정도로 피부가 희고, 키가 크며, 소복이나 기모노 차림이라 한다. 눈보라 속에 머리를 날리며 등장하는 눈의 요괴로, 사람을 얼려 죽인다 한다.

4) 쿠라마텐구(鞍馬天狗): 쿄토 쿠라마 산, 쿠라마 사찰에 모셔져있는 텐구이다. 격이 높아 다이텐구로 모셔지기도 한다. 붉은 피부에 긴 코를 가졌다.

5) 카와텐구[川天狗]: 계곡이나 강에서 살아가는 텐구로, 눈과 비가 내리는 밤에 주로 모습을 드러낸다 한

다. 환상을 일으키는 능력을 가지고 있다.

6) 아쿠텐구[惡天狗]: 극락에 가고 싶으나, 사악한 천성으로 텐구가 된 요괴다. 그러한 사악한 마음으로 수행승이나 수행자를 나락을 빠트린다.

7) 이즈나곤겐[權現]: 외형은 카라스텐구와 비슷하나, 검과 여의주를 가지고 있으며, 화염을 두르고 있으며 뱀과 여우를 타고 다닌다. 주술에 뛰어나다.

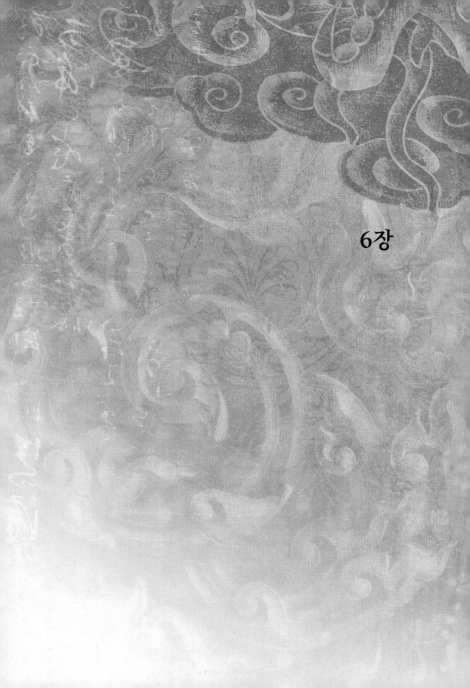

6장

"흑호."

쿠라마텐구는 박현을 바라보며 입을 뗐다.

"흑화된 백호, 맞……, 습니까?"

쿠라마텐구는 순간 편히 하대하려다가 급히 말을 높였다.

"흑화된 백호라."

박현은 '오!' 내심 감탄하며 겉으로는 그저 입꼬리만 살짝 말아올렸다.

착각을 굳이 깨버릴 이유가 없었기 때문이었다.

"진정 이 몸을 다이텐구로 만들어주실 수 있…… 으십니까?"

쿠라마텐구는 일말의 불안감을 가지고 물었다.

박현이 손을 펼치자, 손바닥에서는 호두알만 한 황금색 구슬이 툭 튀어나왔다.

파지직!

그 구슬은 붉고 푸른 불꽃을 튀겼다.

그저 불꽃을 튀기는 자그만 구슬에 불과했지만, 그 구슬이 주는 위압감에 쿠라마텐구는 저도 모르게 마른 침을 꿀떡 삼켰다.

"헛!"

그러다 그 구슬의 정체를 알아차린 쿠라마텐구는 눈을 부릅뜨며 헛바람을 들이마셨다.

"뇌신의⋯⋯."

"번개지."

박현은 번개를 담은 기운을 허공에 띄웠다.

파지지직—

그 구슬은 천천히 허공을 부유해 쿠라마텐구의 눈앞으로 날아갔다.

"꿀꺽!"

쿠라마텐구는 눈앞에 떠 있는 뇌전의 구슬을 황홀한 눈빛으로 바라보았다.

"이 기운이면 그대가 다이텐구가 되는 것에 부족함이 없을 터."

"서, 설마……."

쿠라마텐구는 뇌전의 구슬에서 눈을 떼며 박현을 쳐다보았다.

"야타의 거울을 이 몸에게."

"욕심이 너무 크군."

박현의 말에 쿠라마텐구의 눈에 실망감이 들었다.

"하지만 실망하지 말라."

박현이 손가락을 튕기자, 얌전하게 떠 있던 뇌전의 구슬이 총알처럼 날아가 쿠라마텐구의 가슴을 파고들었다.

"꺽!"

그 충격에 쿠라마텐구의 몸이 뒤틀리며 바르르 떨었다.

"끄으으으!"

고통에 찬 신음과 함께.

파지직— 파직!

쿠라마텐구의 몸에서 잔 불꽃이 일기 시작했다.

파자작!

잔 불꽃은 더욱더 커져 그의 몸을 집어삼켰다.

"흐하아!"

고통스러움은 이내 환희로 바뀐 듯, 쿠라마텐구는 끈적끈적한 신음을 내뱉었다.

힘에 도취되어 정신을 차리지 못할 때, 박현이 그의 앞으로 다가가 눈을 마주했다.

그리고 푸른빛이 담긴 안광이 쏘아져 나와 쿠라마텐구의 눈을 꿰뚫었다.

야사카니의 굽은 구슬의 힘이었다.

"쿠라마텐구."

박현은 야사카니의 굽은 구슬의 힘을 목소리에 실어 그를 불렀다.

"……."

쿠라마텐구는 마치 마약에 취한 이처럼 풀린 눈으로 박현을 바라보았다.

야사카니의 굽은 구슬의 힘이 담긴 눈빛에 관통되어 다른 곳을 보고 싶어도 바라볼 수 없었다.

마치 낚싯줄에 걸린 물고기가 다른 곳으로 몸을 틀 수 없듯이.

"너는 다이텐구가 된다."

그 말에 쿠라마텐구의 풀린 눈에 기쁨이 차올랐다.

"다이텐구에 어울리는 이는 오로지 그대뿐이다."

"다이텐구에 어울리는 이는 오로지 나."

쿠라마텐구는 박현의 울림을 따라 말했다.

"그에 반대하는 자."

박현의 어조가 강렬해지자, 쿠라마텐구의 표정도 딱딱하게 변했다.

"너의 위엄에 도전하는 자."

까드득.

쿠라마텐구는 이를 갈았다.

"적이다."

"적."

"적은?"

"죽여야지."

　쿠라마텐구의 딱딱했던 표정은 서서히 일그러지더니, 분노로 가득 찼다.

"죽인다. 죽인다! 죽인다!"

그에 그의 목소리도 차츰 살심을 담아 외치기 시작했다.

　그의 분노가 서서히 사그라질 때쯤, 박현은 조용히 그와 다시 거리를 벌려, 원래 서 있던 곳에 섰다. 그리고 그 걸음에 맞춰 그의 눈과 귀를 잡아두었던 야사카니의 굽은 구슬의 힘도 자연스럽게 사라졌다.

　흐리멍텅했던 쿠라마텐구의 눈이 다시 또렷하게 돌아오고.

"하아!"

그는 야타의 거울의 뇌전의 힘을 느끼며 긴 숨을 내뱉었다.

"흑호 사마."

쿠라마텐구는 정신을 차리자마자 박현을 바라보았다.

"어떤가? 뇌신이 가졌던 그 힘이."

"……."

쿠라마텐구는 뭔가 말을 하려 했지만 쉽게 입을 떼지 못했다.

"느꼈겠지?"

"하, 하이."

쿠라마텐구는 주눅이 든 모습으로 박현의 눈치를 살피며 대답했다.

그도 느낀 것이었다.

힘에 종속되었음을.

그리고 이 충만한 힘이 무한하지 않음을.

"허나."

박현이 그런 쿠라마텐구를 지그시 내려다보았다.

긴장감이 극에 달했는지 쿠라마텐구는 긴장감을 숨기지 못한 채 박현의 입에 온 신경을 집중했다.

"본인에게 충성하는 동안 그 힘은 너의 것이다."

쿵!

그 말이 떨어지기가 무섭게 쿠라마텐구는 무릎을 꿇었다.

"주군으로 모시겠습니다."

그리고 양 주먹으로 바닥에 디디며 머리를 바닥으로 조아렸다.

"다이텐구가 되어, 이나가와카이를 주군께 바치겠나이다."

그리고 고개를 들어 박현을 쳐다보며 소리치듯 말한 뒤, 쿵하고 다시 머리를 바닥에 찧었다.

"이나가와카이는 그대의 것이다."

"하, 하이?"

박현의 말에 쿠라마텐구는 고개를 번쩍 들어 의아함을 내비쳤다.

"본인은 그대의 충심만 있으면 된다."

"주, 주군!"

감격에 겨운 듯 쿠라마텐구는 목소리를 가늘게 떨었다.

"이 목숨이 다하는 날까지, 충심을 바치옵니다."

"쿠라마, 아니 다이텐구."

박현은 쿠라마텐구를 다이텐구로 불렀다.

"하이?"

"가라. 그대에게 남은 숙제가 있지 않나."

"하이!"

쿠라마텐구는 우렁찬 목소리로 대답했다.

쏴아아아— 푹!

박현이 손을 휘젓자, 그의 바닥 아래로 빈 공간이 만들어지며 그의 몸이 아래로 툭 떨어졌다.

다시 초도의 공간이 어둠으로 가득 들어차고.

먹물처럼 짙은 어둠 속에서, 조완희가 걸어 나왔다.

그 걸음에 먹물처럼 짙은 어둠이 걷혀졌다.

그리고 좀 더 밝은 어둠 속에 검계 무문의 무당들이 지친 듯 바닥에 주저앉아 쉬고 있었다.

"야타의 거울, 삼종신기 중 하나는 하나군."

매혹의 힘이 세뇌로 증폭되었다.

비록 굿이라는 무문의 힘을 빌리기는 했지만, 어쨌든 대단한 힘임에는 틀림없었다.

장소도 장소이거니와 촉박한 시간 때문에 간이 굿을 펼쳤기에 조금은 걱정을 했었던 조완희였다.

"그나저나, 쿠라마텐구에게 이나가와카이를 맡기려고?"

"이나가와카이는 북성의 것이야."

"그럼?"

"뭘 물어."

박현이 피식 조소를 머금었다.

"토사구팽(兎死狗烹)인가?"

"그 전에 서로 공멸하지 않을까?"

박현의 미소가 비릿하게 바뀌었다.

"하긴 네가 건 세뇌로 서로 양립할 수 없게 되었으니.

*　　　*　　　*

"카라스."

온나텐구가 카라스텐구를 불렀다.

"어찌할 생각이지?"

카라스텐구는 그 물음에 온나텐구를 거쳐 다섯 텐구들을 쳐다보았다.

"뜻은 하나로 모아져야 움직인다. 이게 내 생각이야."

"옳바른 생각이군."

아쿠텐구가 그 말에 웃음을 내뱉었다.

"상황이 상황이니 일단 내가 의제를 내지."

"말해."

구힌.

"쿠라마텐구는 평등한 칠좌를 거부했다."

"그래서?"

"그리고 우리에게 적대감을 드러냈지."

카라스텐구의 말에 분위기가 서늘하게 바뀌었다.

"그는 우리의 적인가?"

카라스텐구는 물음을 던졌다.

"맞다면 엄지를 위로, 아니면 엄지를 아래로."

척척척—

여섯 개의 엄지가 중앙으로 모여 위로 향했다.

적.

이제부터 쿠라마텐구는 적이었다.

"적이면 죽여야겠지?"

여섯 개의 엄지가 다시 위로 향했다.

의견의 일치에 텐구들의 입가에 비릿한 미소가 그려졌다.

콰르르르!

그때 그들의 머리 위로 번개가 내려쳤다.

"……!"

"……!"

"……!"

뇌전의 힘에 텐구들은 눈을 부릅뜨며 고개를 위로 번쩍
쳐들어 올렸다.

"……쿠라마?"

카라스텐구가 번개들 속에 서 있는 쿠라마텐구를 발견하
고는 눈매를 굳혔다.

쿠라마텐구는 오만하게 시선을 아래로 깔며 입을 열었
다.

"나는 다이텐구다."

그 말에 텐구들이 눈가를 찌푸렸다.

"다이텐구로서 말한다. 우리에게 평등은 없다."

"뭐라?"

"이 새끼."

텐구들은 저마다 노기를 터트리며 하늘로 날아올라 쿠라마텐구를 에워쌌다.

"텐구들의 위엄은 오로지 나."

쿠라마텐구의 말에 텐구들의 시선이 빠르게 오갔다.

"다이텐구로부터 나온다."

그리고 쿠라마텐구의 말이 끝나자마자.

텐구들의 살기가 폭발했다.

그리고 그 장면을 바라보는 하나의 시선이 있었으니.

황금빛 눈동자를 머금은 박현이었다.

*   *   *

파자자작! 파작!

마치 뱀이 먹이를 노리며 혀를 날름거리듯 번개가 텐구들을 향해 불꽃을 튀겼다.

그의 몸에서 튀는 뇌력을 우습게 보고 먼저 공격에 나선 건, 평소에도 그를 낮게 보던 온나텐구였다.

그녀의 머리카락이 한 올 한 올 살아있는 듯 사방으로 뻗어 나풀거렸다.

"크크크!"

쿠라마텐구는 그런 그녀를 바라보며 음산한 웃음을 드러냈다.

"흥!"

그 웃음을 코웃음으로 받아친 온나텐구는 몸을 좀 더 띄우며 시퍼런 안광을 뿌렸다.

"어디서 그런 힘을 구했는지 모르겠지만, 그런다고 네가 뇌신이 되는 것은 아니야!"

핑!

온나텐구의 머리카락 하나가 은밀한 암기처럼 쿠라마텐구의 눈을 노리고 날아갔다.

아무리 친하지 않다 하여도, 오랜 시간 다이텐구 아래 이나가와카이에 적을 둔 사이였다. 그녀의 공격 수단쯤은 눈을 감고도 훤하게 내다볼 수 있었다.

쿠라마텐구는 고개를 옆으로 틀어 그녀의 공격을 피했다.

"친절하게 말할 때, 주제를 파악했어야지."

온나텐구는 웃음을 더욱 비릿하게 만들어 갔다.

그리고 그 웃음이 극에 달하자.

피비비비빙! 핑!

수십, 수백, 아니 수천 개의 머리카락이 그물처럼 펼쳐져 쿠라마텐구를 덮쳐갔다.

제아무리 쿠라마텐구라고 해도 강철침보다 더 강하고 뾰족한 온나텐구의 머리카락을 피할 수 없을 거라 여긴, 이즈나곤겐은 화염을 일으켜 그의 후방 퇴로를 막아버렸다.

"크르르!"

구힌은 날카로운 이빨을 드러내며 왼쪽 자리를 점했고.

팡!

아쿠텐구가 매섭게 봉을 들어 오른쪽을 막아섰다.

그리고 온나텐구의 머리카락이 쿠라마텐구의 몸을 덮쳤다.

수백 수천의 머리카락이 쿠라마텐구의 몸을 꿰뚫으려는 순간.

파자작!

잔 불꽃이.

콰르르— 쾅쾅!

거대한 뇌전으로 바뀌었다.

뇌전 또한 수십 수백 개로 갈라지며 머리카락을 집어삼켰다.

일일이, 일대일로 막아선 것이 아니었다.

한 마리의 늑대가 수 마리의 양을 단숨에 죽여버리듯 한 줄기 굵은 번개는 수 가닥, 수십 가닥의 머리카락을 집어삼켜 버린 것이었다.

말 그대로.

압도적 힘으로 비수처럼 날아드는 머리카락을 녹여버린 것이었다.

"흡!"

압도적인 힘에 눌리자 온나텐구가 너무 놀라 눈을 부릅떴다.

히죽―, 쿠라마텐구는 그녀와 눈을 마주치며 보란 듯이 입꼬리를 말아 올렸다.

"이익!"

여전히 쿠라마텐구의 힘을 인정하지 못한 듯 온나텐구는 다시금 머리카락을 치켜세웠다.

그리고 재차 머리카락을 그물처럼 활짝 펼쳐 쿠라마텐구를 공격해 들어갔다.

하지만 내심 쿠라마텐구가 드러낸 힘을 의식해서인지, 이어진 공격은 전보다 훨씬 더 매서우면서도 은밀했다.

일견 온나텐구의 이어진 공격은 조금 전처럼 그물을 펼치듯 쿠라마텐구를 짓눌러가는 듯했지만, 그녀의 노림수는 그것이 아니었다.

스슷—

머리카락 몇 줄기가 모이고 꼬여 좀 더 단단한 송곳을 만들었고, 그렇게 만들어진 송곳은 쿠라마텐구의 사각을 파고들어 은밀하게 그의 뒷목을 노렸다.

"크핫!"

쿠라마텐구는 몸을 살짝 웅크렸다가 활짝 펼치며 몸에서 뇌력을 터트렸다.

콰르르 콰광!

뇌전의 폭발은 마치 양 떼들 속에서 포효하는 늑대와 같았다.

늑대가 압도적인 힘으로 양떼를 살육하듯, 온나텐구의 머리카락들은 허무하리만큼 툭툭 끊어지고 녹아내렸다.

그리고 그녀의 비장의 한 수인 암수도 매한가지.

비단 그것만이 아니었다.

폭발하듯 몸집을 키운 뇌전은 누구를 가리지 않고 사방으로 휘몰아쳤고, 쿠라마텐구를 에워싼 텐구들에게도 상당한 충격을 주었다.

"큭!"

"흡! 크으!"

"킥!"

좌우, 후방에서 그를 조였던 구힌과 아쿠텐구, 이즈나곤 겐이 그 폭발에 휘말려 뒤로 튕겨 나갔다.

그들이 겨우 몸을 수습할 때였다.

콰지직— 콰득!

북 가죽이 터지는 소리가 만들어졌다.

"꺄아악!"

비명의 주인은 온나텐구였다.

그녀의 가슴에는 주먹만 한 구멍이 만들어져 있었고, 그 주변은 검게 그을려 있었다.

"오네상!"

유키온나가 눈안개를 뿌리며 달려왔다.

파즈즉!

그에 혀를 날름거리는 뱀처럼 번개의 머리가 그녀에게로 향했다.

"꺄핫!"

유키온나는 눈을 얼음침으로 바꿔 쿠라마텐구를 향해 쏘아보냈다.

파삭! 파사삭—

하지만 그 얼음침이 오히려 뇌전에는 하나의 징검다리가 되고 말았다.

콰지지직—

얼음침을 밟아 부수며 구불구불 뻗어간 뇌전은 온나텐구를 안아 든 유키온나의 몸을 휘감았다.

콰과과과광!

그리고 뇌전은 유키온나와 온나텐구의 몸으로 파고든 후 폭발했다.

그녀들의 몸은 갈기갈기 찢어졌지만, 핏물 한 방울, 살점 하나 바닥에 떨어지지 않았다.

강력한 뇌력이 그녀들의 몸을 완전히 태워버린 탓이었다.

"크하하하하!"

그 모습에 쿠라마텐구는 시원하다는 듯 큰 웃음을 터트렸다.

'뇌신……?'

카라스텐구의 눈동자가 흔들렸다.

그가 내뿜은 뇌력에서 야타의 거울의 기운을 느낀 것이었다.

카라스텐구는 당혹스러움을 감추지 못한 채 재빨리 주변으로 시선을 옮겼다.

하지만 뇌전의 기운을 읽지 못한 텐구가 있었다.

"이놈! 쿠라마!"

구헌과,

"이 새끼!"

아쿠텐구였다.

"크르르르!"

구힌은 허공을 밟으며 쿠라마텐구의 어깨를 물어갔고, 그에 맞춰 아쿠텐구는 그의 머리를 향해 봉을 휘둘렀다.

그 공격에 카루마텐구의 입가에 미소가 지어졌다.

자신의 몸에 깃든 야타의 거울의 힘.

비록 진력(眞力)은 아니지만, 자신이 꿈꾸던 힘이 아니던가.

쿠라마텐구는 좀 더 자신감을 갖고 구힌과 아쿠텐구를 상대해갔다.

파지직—

쿠라마텐구는 손에 번개를 두르며 자신을 물어오는 구힌의 이빨 사이로 손을 쑥 밀어 넣었다.

콱!

구힌이 그런 쿠라마텐구의 손을 물어뜯었지만, 뇌력이 그런 그의 손을 보호해주었다.

"……!"

오히려 뇌력이 입을 통해 내부로 파고들자, 구힌은 눈을 부릅뜨며 재빨리 쿠라마텐구의 손을 놓으려 했다.

하지만 쿠라마텐구는 구힌의 혀를 손으로 움켜잡았다.

"크르르, 쿵쿵!"

혀가 뽑히는 고통을 내비치는 구힌을 보며 쿠라마텐구는 뇌력을 더욱 증폭시켰다.

그르르르 극극! 그그극!

뇌력이 구힌의 몸 내부로 파고들며 몸을 태우자, 구힌의 몸은 사시나무처럼 파르르 떨었고, 그의 몸에서 새하얀 연기가 피어올랐다.

마치 낚싯대에 걸려 바둥거리는 물고기를 대하듯 쿠라마텐구는 구힌의 혀를 움켜쥔 채 고개를 돌려 아쿠텐구를 상대해갔다.

쾅!

신력이 깃든 봉의 위력은 생각 이상이었다.

팔목으로 막은 쿠라마텐구의 얼굴이 일그러질 정도로 충격이 상당했기 때문이었다.

하지만, 쿠라마텐구는 다시 웃음을 내비칠 수밖에 없었다.

자신의 마음을 잘 아는 듯, 야타의 거울의 힘, 뇌력은 봉을 거슬러 올라가 아쿠텐구의 손을 콱 물어버렸다.

"끄악!"

그 고통에 아쿠텐구는 비명을 지르며 뒤로 물러나려 했지만, 뇌력은 그의 손을 물고 놓아주지 않았다.

오히려 뇌력이 야금야금 그의 팔을 잠식해 들어가자,

콰직!

아쿠텐구는 자신의 팔을 자르며 급히 뒤로 물러났다.

파삭!

그러자 잘린 팔이 재가 되어 사라졌고, 그 자리에 남은 뇌력이 아쉬운 듯 혀를 날름거렸다.

쿠라마텐구는 이를 꽉 깨무는 아쿠텐구를 지그시 바라보며 히죽 웃음을 지어 보였다.

"……?"

아쿠텐구가 일그러진 표정 가운데 의아한 눈빛을 띨 때였다.

퍼석!

구힌의 몸이 터지며 재가 되어 사라졌다.

그리고 구힌의 몸을 터트린 또 다른 줄기의 뇌력이 뱀처럼 몸을 일으키며 아쿠텐구를 향해 이빨을 드러냈다.

파지지직 파작!

그리고 울음을 토해냈다.

"고노야로!"

아쿠텐구는 화를 참지 못하고 목에 걸린 굵은 염주를 남은 한 팔에 휘감았다.

고오오오!

아쿠텐구의 몸에서 죽음의 기운이 흘러나오기 시작했다.

콰르르르― 콰광!

그에 구힌을 잡아먹은 뇌력이 빛살처럼 아쿠텐구를 덮쳐 갔다.

"카와!"

이대로는 아쿠텐구마저 죽는다.

결국 카라스텐구가 카와텐구를 불렀다.

"하!"

카와텐구가 양손을 휘젓자, 주변 풍경이 뒤틀리기 시작 했다.

풍경이 베베 꼬이고, 끊어지자, 어디가 하늘이고, 땅인 지, 자신이 바로 서 있는지도 모를 정도였다.

팡!

그리고 꼬인 풍경이 터지며 다시 제 모습을 찾았다.

"모두 죽일 참이냐!"

카라스텐구가 날개를 활짝 펼친 채 쿠라마텐구와 마주 섰다.

"나는 다이텐구다."

"……."

그 말에 카라스텐구의 얼굴이 일그러졌다.

"그 위엄에 대적하는 자, 적."

지금까지의 뇌력은 장난이었다는 듯 쿠라마텐구의 몸에서 피어나는 뇌력의 크기가 삽시간에 들불처럼 일어났다.

　"적은 죽인다."

　"……?"

　그 순간, 카라스텐구는 초점이 흐린 쿠라마텐구의 눈빛을 알아차렸다.

　뇌전의 기운에 가려져 몰랐지만, 직접 눈을 직시하고 나서야 그 사실을 발견한 것이었다.

　'야타의 거울…….'

　죽은 뇌신의 것.

　그리고 뇌신을 죽인 자는.

　'흑호.'

　흑화된 백호이자, 저 한반도에서 넘어온 천외천.

　"그, 그 힘! 어디서 받아온 것이냐!"

　"너는 나의 위엄에 대항하는가?"

　"정신 차려라! 쿠라마!"

　"……쿠, 라마?"

　쿠라마텐구의 얼굴이 일그러졌다.

　"크하앗!"

　쿠라마텐구가 기합을 터트리자, 뇌력은 다시금 커졌다.

　쩌걱— 쩌걱!

쿠라마텐구는 그 힘을 감당하지 못한 듯, 피부가 갈라지기 시작했다.

"쿠라마! 너는 지⋯⋯."

쐐애애애액!

그때 바람 한 줄기가 날아와 카라스텐구의 뺨을 베고 지나갔다.

"헉!"

겨우 고개를 젖혀 피한 카라스텐구는 고개를 들어 쿠라마텐구 뒤를 바라보았다.

그곳에 한 사내가 서 있었다.

"너, 너는?"

카라스텐구는 박현을 보자 눈을 부릅떴다.

"다이텐구. 그대의 위엄은 하찮구나!"

"나의 위엄은 하찮지 않다!"

쿠라마텐구는 더욱 뇌력의 크기를 키웠다.

파사삭, 파삭!

그에 쿠라마텐구의 피부가 터져나갔지만, 그는 그 사실도 인지하지 못한 채 카라스텐구를 향해 몸을 날렸다.

"그래, 그래. 그렇게 죽여라. 네 몸을 불사르며."

박현은 사방으로 뇌력을 폭발시키는 쿠라마텐구를 보며 입꼬리를 말아 올렸다.

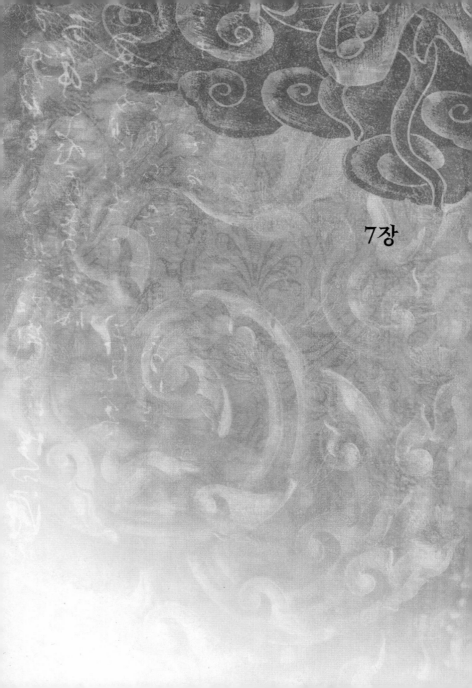

7장

카라스텐구는 쿠라마텐구 뒤에 떠 있는 박현을 쳐다보며 입술을 깨물었다.

그는 팔짱을 낀 채 오만하게 자신을 내려다보고 있었다.

'뇌신.'

설마 그를 죽이는 것으로도 모자라, 야타의 거울마저 흡수했을 줄이야.

"카라스!"

쿠라마텐구의 외침이 그의 귀를 파고들었다.

하지만 그를 덮쳐온 것은 단지 그의 일갈만이 아니었다.

콰르르르르!

쿠라마텐구가 뻗은 손에서 엄청난 번개가 자신을 덮쳐온 것이었다.

팡!

카라스텐구는 날개를 크게 한 번 휘저어 바로 앞에 돌풍을 만들어냈다.

그렇게 번개의 방향을 미세하게나마 비튼 뒤 날개를 접어 몸을 보호했다.

콰과과광!

번개는 단단한 알처럼 포개진 카라스텐구의 날개를 스쳐 지나가며 터졌다.

화아아—

새하얗던 날개에 거무튀튀하게 그을림이 덧씌워졌고, 그 위로 김이 피어올랐다.

"크으."

카라스텐구는 상당한 충격에 신음을 삼키고는 날개를 다시 펼치며 쿠라마텐구를 쳐다보았다.

파직— 파직—

그의 몸 곳곳의 피부가 터져 있었고, 그 위로 불꽃이 튀고 있었다.

흐리멍텅한 눈.

자신의 몸이 망가지고 있는 것도 느끼지 못하는 모양이

었다.

그럼에도 자신을 향해 맹목적인 살기를 뿌리고 있었다.

세뇌가 분명했다.

그렇지 않고서야 제 몸이 죽어가는 것도 모르랴.

무슨 수를 썼는지 몰라도, 쿠라마텐구는 저 흑호에게 정신을 빼앗기고 한낮 꼭두각시가 되고 말았다.

"카라스, 나는 다이텐구다!"

쿠라마텐구는 다시금 번개를 부풀리며 말했다.

"정신 차려라! 쿠라마!"

카라스텐구의 말에 쿠라마텐구의 눈동자가 다시 흔들렸다.

"나의 위엄에 도전하는 자, 적."

우르르르르 콰광!

부풀려진 번개가 서로 부딪히며 천둥이 쳤다.

"적은 죽인다! 그래야 나의 위엄이 선다!"

쿠라마텐구의 목소리가 서서히 커지더니.

"그러니 너도 죽어라! 카라스!"

발악하듯 소리치며 카라스텐구를 향해 양손을 뻗었다.

우르르 콰광 콰과광! 콰광!

마치 수십 수백 마리의 뱀들이 몰아치듯, 엄청난 뇌전의 번개가 이빨을 드러내며 카라스텐구를 덮쳤다.

"칙쇼!"

카라스텐구는 손과 날개를 휘저어 수 개의 용오름을 만들며 급히 하늘 위로 날아올랐다.

펑! 펑! 퍼벙!

용오름이 번개를 막아갔지만 뇌전의 힘을 이기지 못하고 하나둘씩 터져나갔다.

그나마 수 개의 용오름이 번개의 방향을 비틀어, 직격을 피할 수 있었다.

콰과광!

번개는 카라스텐구의 날개 하나를 터트리고 나서야 허공으로 사라졌다.

"끄으윽!"

카라스텐구는 왼쪽 날개가 반쯤 찢기듯 타서 사라지자, 그 충격에 휘청이며 고통에 찬 신음을 내뱉었다.

"쿠라마!"

카라스텐구는 조금 전과는 차원이 다른 살기를 뿌리며 날개를 다시 활짝 펼쳤다.

"죽어라!"

그에 쿠라마텐구도 더욱 살기를 짙게 뿌렸다.

그때였다.

팡!

허공에 폭음이 만들어졌다.

투명하지만 투명하지 않은 결계가 쿠라마텐구를 덮쳤다.

카와텐구가 만들어낸 환영 결계였다.

카와텐구는 카라스텐구의 환영을 그의 앞에 던져놓은 뒤, 재빨리 카라스텐구의 뒷목을 잡아당겨 그 자리를 벗어났다.

"죽어라, 이놈!"

카와텐구가 남겨놓은 환영을 마주한 쿠라마텐구는 미친 듯이 번개를 쏘아 날렸다.

"큭!"

번개가 카라스텐구의 환영을 꿰뚫을 때마다, 카와텐구는 움찔움찔하며 연신 깨지는 환영을 복구시켰다.

"카와."

"잠시만."

카와텐구는 여전히 팔짱을 낀 채 이 장면을 내려다보는 박현을 흘긋 쳐다보며 또 다른 환영을 만들어냈다.

그 환영은, 카와텐구 자신과 아쿠텐구, 이즈나곤겐이었다.

"너희도 나의 위엄에 도전하려는가?"

쿠라마텐구가 물었다.

"다이텐구!"

카와텐구의 환영이 그의 앞에 서며 외치듯 소리치며 허리를 숙였다.

"다이텐구!"

"다이텐구!"

그 뒤를 따라 아쿠텐구와 이즈나곤겐의 환영들이 허리를 숙였다.

'카와!'

'지금 무슨 짓이지?'

이즈나곤겐과 아쿠텐구가 카와텐구의 팔을 붙잡았다.

상황이 상황인지라 목소리를 죽였지만 기분이 가히 좋지 않음을 표정으로 드러냈다.

카와텐구는 일단 기다려보라는 듯 눈치를 주며 환영을 조작했다.

"크크크크."

쿠라마텐구는 셋이 복종을 보이자 번개를 거두며 크게 웃음을 터트렸다.

"이제 텐구계에 평등은 없다."

"당연한 말씀입니다."

카와텐구의 환영이 공손히 대답했다.

"나, 쿠라마. 다이텐구로서 이나가와카이를 이끈다."

"하이!"

아쿠텐구 환영도 목소리에 힘을 줘 복명했다.

'카와!'

카라스텐구도 결국 한 편의 연극을 참지 못하고 카와텐구 앞에 섰다.

그러자 카와텐구가 눈으로 쿠라마텐구를 가리켰다.

정확히는 그의 눈동자였다.

흐리멍텅했던 눈동자가 조금이지만 생기가 들어서 있었다.

이지가 돌아온 것일까?

"음?"

쿠라마텐구가 앞에 선 세 텐구들을 바라보다 고개를 갸웃거렸다.

"너희들의 모습이 이상……하군."

이지가 완전히 돌아온 건 아니어서 그런지 정확히 앞에 선 세 텐구가 환영이라는 것까지는 파악하지 못했지만, 이 상함은 깨달은 모양이었다.

"……!"

그 모습에 카라스텐구가 눈을 부릅떴다.

세뇌.

희미하지만 열쇠를 찾은 것이었다.

카라스텐구는 카와텐구의 팔을 툭 쳤다.

'……?'

《나를 죽여라.》

카라스텐구가 전음으로 말한 바를 알아차린 카와텐구는 고개를 끄덕이며 뒤로 물러났던 카라스텐구의 환영을 다시 쿠라마텐구 앞에 등장시켰다.

"텐구는 평등하다!"

다시 등장한 카라스텐구의 환영이 그리 소리쳤다.

우르르르 콰광!

그러자 잠들었던 번개가 다시 요동치기 시작했다.

"나를 거역하는 것이냐? 카라스!"

침착하던 목소리가 다시 격해지며, 선명해지던 눈동자도 다시 흐릿하게 바뀌었다.

"마지막으로 묻겠다. 나의 위엄에 도전하는 것이냐?"

쿠라마텐구의 말에 카라스텐구와 눈빛을 주고받은 카와텐구가 환영을 조정했다.

"너의 위엄을 인정한다."

그러자 쿠라마텐구의 눈빛이 다시 선명해지기 시작했다.

"하지만 텐구는 평등하다."

"이놈! 이제 내가 다이텐구다!"

콰르르르르—

"그래, 네가 다이텐구다!"

"그래! 내가 다이텐구다! 내가 너희들을 이끌 것이다."

"이나가와카이는 이제 너를 중심으로 움직일 것이다."

"너도 이제야 나의 위엄을 받아들였구나!"

번개가 줄어들며 그의 눈빛이 잠잠하게 바뀌었다.

"허나, 우리는 평등하다!"

"이놈! 카라스!"

말이 바뀌자, 쿠라마텐구는 급격히 번개를 일으키며 분노를 표출했다.

누구라도 이 대화를 들으면 이상함을 느낄 텐데, 쿠라마텐구는 오로지 하나에만 집착을 보였다.

위엄.

그리고 다이텐구.

완벽한 조건반사였다.

세뇌의 비밀은 '다이텐구', 그리고 그가 그토록 바라는 듯한 다이텐구로서의 '위엄'이었다.

카와텐구는 흘깃 시선을 올려 여전히 지켜보고만 있는 박현을 쳐다보았다.

당연히 그 시선에 카라스텐구와 아쿠텐구, 이즈나곤겐 역시 그를 쳐다보았다.

"흠."

박현은 팔짱을 풀어 턱을 쓰다듬으며 쿠라마텐구의 뒷모습을 내려다보았다.

무문의 굿에 야사카니의 굽은 구슬의 힘, 세뇌가 어느 정도 완벽하다 여겼는데, 아니었다.

세뇌란 무릇, 자연스럽게 생각의 방향만 교묘하게 틀어야 하건만.

각인된 단어에 반응하며, 단순히 반응만 하는 게 아니라 제 몸이 부서지는 것도 깨닫지 못할 정도로 폭주할 줄은 몰랐다.

파블로프의 개도 아니고.

"쯧!"

박현은 미간을 찌푸리며 혀를 찼다.

그 폭주에 이미 신체의 균형이 깨진 쿠라마텐구였다.

폐기.

쿠라마텐구를 향한 박현의 눈빛이 번쩍였다.

그렇게 황금빛 눈동자에서 안광이 터지자.

우르르르— 쿠르르르— 콰르르르!

쿠라마텐구의 몸에서 번개가 급격히 커졌다.

그가 감당할 수 있는 수준이 아니었다.

파삭— 파사삭!

그로 인해 쿠라마텐구의 몸 곳곳이 터져나갔다.

그나마 자신의 의지가 아니어서일까.

그래서 이번에는 고통이 느껴지는 것일까.

"끄으으!"

쿠라마텐구의 얼굴이 고통에 일그러지며 비명이 흘러나오기 시작했다.

하지만 그와 상관없다는 듯 번개는 주변을 가득 채울 만큼 더욱 커졌다.

고통이 한계를 넘어서서일까, 쿠라마텐구의 얼굴이 하얗게 탈색되며 고통에 찬 신음조차 흘러나오지 않았다.

다만, 턱이 잘게 떨리며 이빨 부딪히는 소리만이 그의 심정을 대변할 뿐이었다.

"피, 피해!"

카라스텐구는 하얗게 질린 얼굴로 소리치며 재빨리 뒤로 물러났다.

그에 카와텐구와 아쿠텐구, 이즈나곤겐도 황급히 자리를 피하려 했다.

하지만.

콰과과과과과광!

그보다 빨리 쿠라마텐구의 몸이 터지며, 엄청난 양의 번개가 사방으로 휘몰아쳤다.

"끄윽!"

그나마 재빨리 물러난 카라스텐구는 충격에서 어느 정도 자신을 보호할 수 있었지만.

"끄아아악!"

"으악!"

쿠라마텐구와 가장 가까이 있던 아쿠텐구와 이즈나곤겐은 폭발에 휘말리며, 그 충격을 이기지 못하고 바닥에 처박혔다.

"아쿠! 곤겐!"

카와텐구가 재빨리 그들을 부축하며 고개를 들어 박현을 올려다보았다.

"훗!"

박현은 짧은 웃음을 툭 던지며 그 자리에서 사라졌다.

* * *

초도의 공간.

박현이 들어서자.

"왜, 마음에 안 들어?"

조완희가 다가왔다.

아마 초도의 구멍을 통해 상황을 본 모양이었다.

"미안. 고생시켰는데 결과가 영 시원찮다."

"별 시답잖은 소리를."

비록 세뇌는 실패했지만 박현이 크게 생각하지 않는 것처럼, 조완희도 크게 개의치 않는 모습이었다.

"직접 끝낼 줄 알았더니."

그 사이 다가온 폐안이 의아해하며 물었다.

"그래서는 안 되니까요."

"……?"

"만약 본인이 끝냈으면, 어찌 될까요?"

박현은 말 중간에 한 박자 쉰 후 물었다.

"어찌되기는……, 아!"

폐안이 무릎을 탁 쳤다.

현재.

일본의 이면.

야쿠자의 세계에, 외면적으로야 변한 건 없지만, 실상은 다르다.

텐구마저 사라지면 일본에 남은 신은 오로지 풍신, 야마타노오로치 그 하나뿐이다.

그리된다면.

눈이 뒤집혀 덤비거나, 아니면 꼭꼭 숨거나.

키츠네는 후자가 될 것이라 했다.

풍신은 생각이 많다.

그만큼 계산이 좋다.

더욱이 진중하다.

인내할 줄 안다는 말이다.

좋게 말하면 와신상담을 할 줄 알고, 나쁘게 말하면 간교하게 겁이 많다.

키츠네가 전해준 풍신의 성품이었다.

"지금쯤 텐구들이 헐레벌떡 풍신을 찾아가겠군."

폐안이 말했다.

솔직히 그가 숨어도 상관없다.

좀 귀찮아질 뿐, 결과는 바뀌지 않는다.

다만, 그 귀찮은 것을 사양하고 싶을 뿐이었다.

"결국 풍신은 그들의 손에 등을 떠밀려 나올 것이고."

이어지는 폐안의 말에 박현은 그저 담담히 미소를 지을 뿐이었다.

'귀찮음은 덜고 싶은데.'

박현은 키츠네를 떠올렸다.

*　　　*　　　*

"흐으."

"끄윽!"

카라스텐구는 겨우 몸을 수습하는 아쿠텐구와 이즈나곤 겐을 보며 입술을 질끈 깨물었다.

흑호.

흑화된 백호.

폐안이 불러들인 재앙.

솔직히 조금은 우습게 생각했었다.

물론 감히 비벼볼 생각은 하지 않았다.

과정은 모르지만, 그는 뇌신을 죽였으니.

물론 그 홀로 죽이지는 않았을 거라 여겼었다.

폐안을 따르는, 스미요시카이의 두 부회장 시사와 호야 우카무이가 도왔을 것이 분명하다 짐작했었다.

그래서.

그래서 말이다.

텐구들과 함께라면, 그를 제압할 수 있을 거라 여겼다.

다이텐구는 없지만, 어쩌면 쿠라마텐구도 제외가 되겠지만, 여섯 텐구라면, 여섯의 텐구라면 능히 그를 상대할 수 있으리라 여겼다.

혹여 그를 이길 수 없더라도 최소한 지지 않으리라 여겼었다.

그런데.

"까드득!"

이가 갈렸다.

분노였다.

허나 그 분노는 박현을 향한 것이 아니었다.

바로 자신을 향한 것이었다.

참담함이 그저 허망한 분노로 표출된 것이었다.

"카라스."

카와텐구의 목소리에 카라스텐구는 겨우 정신을 차리며 겨우겨우 몸을 수습한 아쿠텐구와 이즈나곤겐을 쳐다보았다.

"몸은?"

"괜찮아."

"젠장!"

아쿠텐구와 이즈나곤겐도 적잖은 충격을 받은 듯 표정은 그다지 좋지 못했다.

"움직일 수 있겠나?"

카라스텐구의 말에 둘은 고개를 끄덕였다.

"어디로?"

"적풍궁. 풍신을 보러 간다."

카와텐구의 물음에, 카라스텐구는 입술을 깨물며 대답했다.

＊　　　＊　　　＊

식은 찻잔에 담긴 녹차를 내려다보던 풍신은 미간을 찌푸렸다.

"후우—."

그러다 무거운 한숨을 내쉬었다.

"그토록 충격인 거야?"

키츠네의 목소리에 풍신은 고개를 들었다.

하지만 그의 시선은 곧바로 그녀의 얼굴로 올라가지 못했다.

그의 시선이 반쯤 내어놓은 가슴에 머물렀다가 그녀의 얼굴로 올라갔다.

눈이 마주치자 키츠네는 싱긋 웃음을 지었다.

순수한 소녀 같은 웃음.

하지만 묘한 색기가 흐르는 눈빛.

울컥 욕정이 솟아올랐다.

풍신은 손으로 허벅지를 지그시 움켜쥐었다.

'아직은.'

상황이 상황인지라 풍신은 애써 욕정을 다시금 눌렀다.

하지만 음흉한 눈매마저 감추지는 못했다.

"손발이 잘린 느낌을 당신도 모르지 않을 텐데요."

담담한 풍신의 말에 키츠네의 미간에 옅은 주름이 패였다가 사라졌다.

"호호호호. 알지."

키츠네는 언제 인상을 찌푸렸냐는 듯 더욱 화사하게 웃으며 대답했다.

"충격이 크군요. 믿었던 오른손이 잘려나간 것도 슬픈데, 오른손이 잘리자마자 다른 왼손과 두 다리가 제멋대로 움직이니."

풍신은 눈썹을 꿈틀거리며 말했다.

"그래서 어쩔 거야?"

"왜요? 손발이 잘릴까 걱정되나요?"

풍신이 키츠네를 보며 물었다.

"아니."

키츠네는 고개를 젓고는 양손으로 턱을 괴어 풍신을 빤히 쳐다보았다. 키츠네가 의도적으로 양팔로 가슴을 모으자 풍신의 눈동자가 다시 그녀의 가슴으로 내려갔다.

"귀찮은 것뿐이지 굳이 손발이 없어도 상관없잖아. 우리 풍신은."

"……그렇긴 합니다만."

풍신은 턱을 살짝 들며 대답했다.

"정 안 되면 내가 손발이 되어주고."

키츠네가 하얀 이를 드러내며 고개를 살짝 옆으로 꺾었다.

사라락―

고운 머리카락이 쓸어 내려지며 고운 목선이 드러났다.

풍신의 시선이 가슴에서 그녀의 목으로 올라갔다.

천천히.

마치 그녀의 가슴과 목을 부드럽게 매만지듯.

그리고 시선이 마주쳤을 때.

그녀가 말했다.

"난 널 믿어."

"……!"

풍신의 눈매가 다시 가늘어졌다.

"본신을 믿는다라."

뱀의 것처럼, 아니 본 태생인 뱀의 눈으로 키츠네를 쳐다보았다.

"넌 풍신이잖아. 안 그래?"

순진함을 녹여낸 키츠네의 목소리에 풍신의 학자처럼 고고함으로 두른 표정이 잠시 벗겨졌다.

풍신도 알고, 키츠네도 안다.

둘의 대화가 한 편의 연극임을.

다만 극본이 없어 지루하고 짜증이 났을 뿐.

그런 즉흥곡이 드디어 결말을 맺었다.

원하는 바대로.

자신의 갈구가 아닌, 그녀가 원해서 숙이는……, 아니 안겨 오는.

"나는 용이 무섭지만, 그래서 사랑해."

이어진 키츠네의 말에 풍신의 뺨이 꿈틀거렸다.

용(龍).

이 한 글자는 풍신에게 있어 자긍심인 동시에 콤플렉스를 주는 단어였다.

'이년이.'

풍신의 눈매가 서슬 퍼렇게 변했다.

하지만 그것도 잠시.

'크크크크크.'

풍신은 눈매를 부드럽게 풀며 입꼬리를 말아 올렸다.

가진 것을 잃고 도망치듯 온 주제에.

의탁할 곳도 없는 주제에.

먼저 숙이지만, 숙이게 만들고 싶으면 자신의 뜻도 받아들이라고 강요하고 있었다.

이래야 천하의 요물, 키츠네지.

과연 그저 품에 안을 것만이 아니라 곁에 두고 싶은 여인이었다.

'용이라.'

순간 흑호와 폐안을 떠올렸다.

"쯧."

못마땅한 현 상황에 저도 모르게 혀를 찼다.

"왜? 자신 없어?"

키츠네는 찰나의 방심을 여지없이 파고들었다.

풍신은 미간을 찡그리며 키츠네를 쳐다보았다.

'반, 아니 삼분지 이를 내줘야겠군.'

그렇지만 달라지지 않을 것이다.

자신이 앉아 있는 이 자리는.

왜냐하면 폐안과 흑호는 이면의 빛으로 나오지 못할 이들이니까.

폐안은 폐안이기에.

흑호는 흑화된 신이기에.

뇌신에 이어 다이텐구가 죽었다는 이야기를 들었을 때만 해도, 여차하면 몸을 숨기고 때를 봐야 하는 게 아닌가 싶었는데, 키츠네와 대화를 하니 쓸모없는 걱정이었다.

용으로 살면 된다.

왜냐하면 용은 지배자의 운명을 타고 태어난 존재이니까.

아무리 천외천이라 해도 용생구자가 지배자가 되지 못하는 것처럼, 흑화된 신은 이면에서 배척받는 존재인 것처럼.

'준 건 훗날 되찾으면 되고.'

이래서 빛이 좋다.

어둠 속에서 살아갈 그들과 달리 행동에 제약이 없으니.

그녀와 이야기를 나누니 먹구름이 낀 것처럼 묵직하던 머릿속이 개운해졌다.

남자의 살을 먹는 여인이 있는가 하면 살을 찌우는 여인도 있다.

키츠네는.

'타고난 황후군.'

풍신은 더욱 탐욕스러운 눈으로 그녀를 바라보았다.

"왔네. 우리 풍신님의 제멋대로인 손과 발이."

키츠네가 고개를 들며 말했다.

"피곤할 터이니 쉬세요."

풍신은 잠시 벗을까 고민했던 가면을 썼다.

키츠네가 원하는 용이라는 가면을, 그가 계속 써왔던 그 가면을.

"화이또!"

키츠네는 앙증맞게 응원하며 자리에서 일어났다.

그녀는 상큼하게 눈웃음을 지으며 방을 나갔다.

복도로 나가자 그를 기다리고 있는 이가 있었다.

"어찌 되었습니까?"

"다시 가면을 씌우기는 했는데……. 언제든지 벗어던질 놈이야."

"그거면 되었습니다."

사내는 고개를 숙인 뒤 종종걸음으로 사라졌다.

키츠네는 그 뒷모습을 빤히 쳐다보다 고개를 돌려 풍신의 기운이 느껴지는 곳을 쳐다보았다.

"누구 손바닥에 놀아나는지도 모르는 아둔한 놈. 그래서 네가 용이 되지 못하는 거야. 킥!"

키츠네는 코웃음을 치며 박현을 떠올렸다.

'난 살아남는다. 반드시.'

키츠네는 입술을 꼭 깨물며 자신의 거처로 발을 옮겼다.

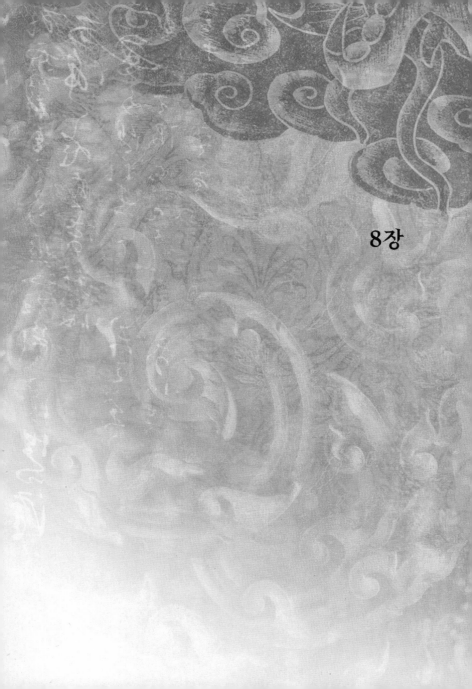

8장

"죄, 죄송합니다."

쿵!

카라스텐구가 바닥에 머리를 찧었다.

"……궁주."

풍신은 그런 오체투지한 카라스텐구를 한참이나 바라보다 시선을 뒤로 돌려 그 뒤에 엎드려 있는 세 텐구들을 쳐다보았다.

미간의 깊은 주름은 마뜩잖은 그의 감정을 표현해주었다.

하지만, 그런 표정과 달리 그의 목소리는 부드럽기 그지

없었다.

"고개를 들어요."

그 목소리에 카라스텐구는 몸을 한차례 부르르 떨었다.

머뭇머뭇 카라스텐구가 고개를 들었을 때 풍신은 언제나처럼 자애로운 표정을 짓고 있었다. 언제 마뜩잖은 감정을 가졌냐는 듯 말이다.

"구, 궁주."

"괜찮아요. 누구나 실수를 할 수 있죠. 다만!"

부드러운 목소리에 힘이 실렸다.

"더는 안 됩니다."

자애로운 표정, 부드러운 목소리.

그 표정과 목소리에 카와텐구, 아쿠텐구, 이즈나곤겐은 안도의 한숨을 내쉬었다.

미약한 숨이었지만, 그들 바로 앞에 엎드려 있는 카라스텐구는 그런 한숨을 들을 수 있었다. 아니 정확히 표현하자면 느낄 수 있었다.

그럼에도.

"하, 하이!"

그것들에 카라스텐구는 오히려 두려움을 드러냈다.

다이텐구 곁에서 코노하텐구가 보좌했지만, 이나가와카이라는 텐구들의 야쿠자 조직에서 그를 보좌한 건 바로 카라스텐구, 그 자신이었다.

다른 텐구들과 달리 카라스텐구는 다이텐구와 함께 풍신을 알현해 왔었다.

그렇기에 카라스텐구는 풍신의 숨겨진 진짜 성정을 잘 알고 있었다.

'더는 안 됩니다.'

조금 전 풍신의 저 질책은 훈계가 아니었다.

한 번 더 실망시키면 풍신은 눈썹 하나 꿈틀거리지 않고 자신들을 죽일 것이다.

"……."

풍신의 침묵이 이어지자,

쿵!

카라스텐구는 입술을 꾹 깨물며 바닥에 머리를 찧었다.

"다시는 실망시키는 일이 없도록 하겠습니다, 궁주!"

쿵 쿵 쿵!

뭔가 이상함을 느낀 세 텐구들도 카라스텐구를 따라 머리를 바닥에 찧었다.

"그래요."

풍신의 나긋나긋한 목소리에.

'하아—.'

그제야 카라스텐구는 안도의 한숨을 내쉬었다.

"카라스."

"하, 하이?"

이어진 풍신의 부름에 카라스텐구는 재빨리 정신을 부여잡으며 대답했다.

"이나가와카이를 누군가는 이끌어야겠죠?"

"그, 그렇습니다."

"본신이 보기에 그대가 적임자 같은데."

그 말에 카라스텐구의 표정이 순간 굳어졌다.

자신의 뒤에 앉아 있어, 그리고 바닥에 엎드려 있어 세 텐구의 표정을 볼 수 없지만, 카라스텐구는 충분히 그들의 표정을 예상할 수 있었다.

'젠장.'

속에서 육두문자가 튀어나오려 했지만 카라스텐구는 애써 그러한 감정을 삼켜야 했다.

"하, 하오나……."

"왜, 싫은가요?"

풍신의 목소리는 여전히 부드러웠지만 눈매가 가늘어졌다.

미세한 변화지만, 카라스텐구는 충분히 그의 감정을 읽을 수 있었다.

"아, 아닙니다!"

겨우 분위기를 수습했는데 그르칠 수는 없었다.

"감사합니다, 궁주!"

카라스텐구는 바닥에 엎드리며 감사의 뜻을 전했다.

하지만 바닥으로 얼굴을 숙인 카라스텐구의 표정은 일그러져 있었다.

*   *   *

키츠네는 방 안에 앉아 깊은 생각에 잠겨 있었다.

'이대로는 부족해.'

착실하게 박현이 원하는 바대로 움직이고 있지만, 이대로는 부족했다. 이렇게 시간이 흘러가면 결국 남는 건 그저 살아남는 것뿐이었다.

물론 살아남는 게 목표이기는 하지만.

이왕 살아남는 거 무언가라도 손에 움켜쥐고 있는 게 더 좋지 않은가.

'텐구, 텐구, 텐구.'

따닥 따닥 따닥—

키츠네는 탁자를 손가락으로 두들기다 카라스텐구를 머릿속으로 떠올렸다.

제멋대로인 텐구들 중에 유일하게 이성적인 놈.

그래서 자신과 잘 어울리지 못했다.

서로 성향이 달라도 너무 다르니까.

그래서 서로 개 닭 보듯 한 사이인데.

지금이라면.

키츠네는 고개를 들어 구석에 조용히 서 있는 사내를 손가락으로 불렀다.

자신의 손짓을 봤음에도 그 사내는 모른 척 어떤 반응도 하지 않았다.

"야!"

키츠네는 눈초리를 매섭게 만들며 그를 불렀다.

"호오. 언제부터 쥐소리귀신 일족이 이리도 거만해졌지?"

키츠네는 은은한 살기를 일으켰다.

"무, 무슨 일인데 그러시오?"

"풍이 텐구들이랑 지금 무슨 이야기를 나누는지 말해봐."

"예?"

"뭐가 '예'야? 너희들 일정한 감각을 공유하잖아."

"그걸 어찌……."

쥐소리귀신은 놀란 듯 눈을 동그랗게 떴다.

"나 키츠네야. 몰라?"

드르륵—

그때 문이 열리고 서보가 안으로 들어왔다.

"풍신이 카라스텐구에게 다이텐구가 되라 명을 내렸습니다."

"그래?"

그 말에 키츠네의 눈이 반짝였다.

*　　　*　　　*

아니나 다를까.

풍신의 방에서 나온 카라스텐구는 애써 불만과 질투를 숨기는 텐구들의 표정을 읽었다.

"내가 한 말, 진심이며 달라지지 않아."

"무슨 말?"

아쿠텐구가 눈가를 찌푸리며 되물었다.

"우리는 평등하다는 것."

카라스텐구가 진실한 마음을 담아 대답했다.

허나 그 마음이 그들에게는 닿지 않는 모양이었다.

"과연 그리 될까? 나는 모르겠군."

"아니, 이리 될 것을 알고 있었던 거 아닌가?"

이즈나곤겐.

그의 이죽거림에 카라스텐구는 저도 모르게 미간을 좁혔다.

"곤겐."

"네, 네! 알아서 모시겠습니다."

이즈나곤겐이 이죽거렸다.

"곤겐!"

이곳이 적풍궁이기에 카라스텐구는 차마 목소리를 높이지는 못했지만, 눈을 부라리며 다부진 목소리로 그를 불렀다.

그에 이즈나곤겐도 눈을 치켜떴다.

"이럴 때일수록……."

"이럴 때?"

"곤겐."

"이미 결정 났다. 너는 다이텐구이고, 이제 우리는 네 명을 받아야지. 평등은 깨어졌다."

"아니, 내가 지킨다."

"흥!"

카라스텐구의 말에 이즈나곤겐이 코웃음을 쳤다.

"다들 너무 흥분했어."

카와텐구가 둘 사이에 끼어들었다.

정확히는 카라스텐구와 이즈나텐구, 아쿠텐구 사이였다.

"다들 머리부터 식히자고."

카와텐구가 이즈나곤겐과 아쿠텐구의 등을 두들기며 둘을 뒤로 물렸다.

카라스텐구는 카와텐구에게 고맙다는 눈인사를 보냈다.

하지만.

'젠장.'

자신의 눈인사를 받는 카와텐구의 눈빛에는 불편함이 가득 담겨 있었다. 그렇게 카와텐구가 아쿠텐구와 이즈나곤겐을 데리고 먼저 궁을 나서고.

'하아—.'

그 뒷모습에 카라스텐구는 한숨을 내쉬었다.

'개판이군, 개판이야.'

자신이 생각하던 바가 모두 어그러졌다.

풍신을 찾아와 엎드린 순간, 자신이 결정할 수 있는 건 없다.

그저 살아남은 세 텐구들을 달랠 수밖에.

골치 아픈 상황에 입술을 잘근잘근 씹으며 몸을 돌리는 순간, 카라스텐구는 우뚝 멈추었다.

"······?"

복도 끝에 키츠네가 서 있었다.

그녀는 눈웃음을 지으며 손가락을 까딱거렸다.

'나 좀 봐.'

그러면서 입을 벙긋거렸다.

*　　　*　　　*

적풍궁 뒤 뜰.

"왜 보자 했소?"

카라스텐구는 어색하게 목소리로 물었다.

"오랜만에 봤는데, 인사 정도는 먼저 하는 게 우선 아니
야?"

"흠."

키츠네의 말에 카라스텐구는 그저 헛기침을 삼켰다.

"하여간 성정은."

키츠네도 딱히 바라지는 않은 듯 그저 가볍게 타박하고
말았다.

"야, 카라스."

"말하시오."

"흐응~, 어때?"

키츠네는 묘한 콧소리를 내며 물었다.

그런 점이 영 마음에 들지 않았던지.

"뭐가 말이오?"

카라스텐구는 퉁명스럽게 말을 받았다.

"뭐긴."

키츠네는 묘하게 웃음을 지으며 목소리 끝을 올렸다.

카라스텐구는 가뜩이나 텐구들 때문에 머리가 아픈데, 키츠네가 자신을 놀리는 듯 싶자 기분이 급격히 상했다.

"할 말 없으면 가보겠소."

"가라앉는 배에 타고 있는 느낌."

카라스텐구가 몸을 돌리자, 키츠네의 목소리가 그의 걸음을 붙들었다.

"말은 안 해도 너도 느끼고 있을 거 아냐."

카라스텐구는 인상을 쓴 채 고개를 돌려 그녀를 쳐다보았다.

"구명보트에 한 자리 남았는데. 어때?"

"……."

"탈래?"

키츠네는 그런 그를 보며 싱긋 웃어 보였다.

＊　　＊　　＊

"키츠네가 카라스텐구를?"

"예."

박현은 쥐소리귀신의 보고에 피식 웃음을 삼켰다.

"어찌할까요?"

쥐소리귀신이 혹여나 심기를 거스를까 안절부절못하자 박현은 손을 휘휘 저었다.

"놔둬."

"……?"

"덕분에 일이 쉬워질 수도 있을 거 같으니까."

박현의 말에 쥐소리귀신은 안도의 한숨을 내쉬었다.

'그리고 한 번 시험해볼 것도 있고.'

박현의 눈에서 야사카니의 굽은 구슬의 기운이 감돌았다.

*   *   *

"……!"

카라스텐구는 키츠네의 말에 눈을 부릅떴다가, 순간 이곳이 일왕궁 내 적풍궁 뒤뜰이라는 사실을 깨닫고는 재빨리 주변을 살폈다.

그러다 뜰과 적풍궁을 잇는 낭하에 서 있는 낯선 이를 발견하고는 흠칫거렸다.

"그리 불안해할 거 없어."

키츠네는 낯선 이, 서보를 흘깃 쳐다보며 가볍게 손을 흔들었다.

그가 같은 편이라는 걸 카라스텐구에게 보여주기 위함이었다. 그런 분위기를 읽은 듯 서보도 가볍게 고개를 숙여 보였다.

"카라스."

"말하시오."

"천하의 요물인 내가, 천하를 지배하는 자가 아니면 만족 못 하는 내가 왜 풍을 그냥 스쳐 지나가는 인연으로 둔지 알아?"

카라스텐구는 키츠네가 스스로를 천하의 요물이라 칭하자 놀란 눈으로 그녀를 쳐다보았다.

"왜?"

"아, 아니오."

"흥."

키츠네는 어떤 의미인지 안다는 듯 코웃음을 친 후 말을 이어갔다.

"풍. 그는 자존감이 높고, 그에 어울리는 힘을 가지고 있지. 또한 이 거대한 섬의 주인이기도 했고."

"그런데 왜……?"

카라스텐구의 물음에 키츠네는 싱긋 웃었다.

"왜냐하면 그가 가진 건 껍질이었으니까."

"……?"

"그의 자존감은 껍질을 가리기 위한 가면이고, 실력마저 본인의 것이 아닌 껍질의 것이니까."

"흠."

"야마타노오로치. 무엇으로 불리든 그는 결국 뱀이야."

키츠네는 몸을 돌려 카라스텐구를 쳐다보았다.

"그리고 야마타노오로치는 자신 외에는 아무 관심이 없지."

"……."

"저자."

키츠네의 말에 카라스텐구는 고개를 돌려 서보를 짧게 일견했다.

"적풍궁을 지배하는 남자야."

"……?"

카라스텐구의 눈에 의아함이 들어섰다.

"하물며 적풍궁을 손에 넣은 지 수일밖에 되지 않았어."

"……!"

"그리고 무얼 했을까?"

카라스텐구는 고개를 저었다.

"적풍궁에 머무는 이들을 모조리 쳐내고 자신의 인물들

로 채웠어. 그럼에도, 야마타노오로치는 주변의 인물들이 모조리 바뀌었는데도 몰라. 왜 그런지 알아?"

키츠네의 물음에 카라스텐구는 고개를 저었다.

"그게 용의 위엄이라고 여기거든. 고고함이라 여기는 거지. 좆도 용도 아닌 주제에."

"훗."

무거운 이때, 키츠네의 가벼운 언행에 카라스텐구는 저도 모르게 웃음을 내뱉고 말았다.

하지만 그 웃음은 금세 증발되었다.

"저자도?"

"맞아."

"흠."

카라스텐구는 키츠네를 조금 달라진 눈빛으로 쳐다보았다.

"왜?"

그 시선에 키츠네는 미간을 찌푸리며 물었다.

"왜?"

그 물음에 카라스텐구 역시 물음으로 답했다.

"살아야 하니까."

"……?"

"이면. 정확히 일본의 이면은 침몰하고 있으니까."

"그래서 배를 갈아탔다?"

"하—."

키츠네는 한숨을 내뱉었다.

"……?"

"내가 배를 갈아탔을 거라 봐?"

"아니면?"

"나를 몰라?"

키츠네의 말에 카라스텐구는 그녀의 성격을 다시 되짚어 보았다.

도망을 치거나, 배를 갈아타거나.

"맞아. 갈아탔어."

"지금 장난을 칠 때가 아니지 않은가?"

"장난이 아니야. 나 절박해. 살아남아야 하거든."

'휴우—.'

카라스텐구는 속으로 애써 한숨을 삼켰다.

이렇게 얼굴을 마주하고 있지만 정말 자신과는 맞지 않는 이였다.

"도망치지 못했다가 좀 더 정확하고. 그리고……."

"……?"

"강제로 태워졌다가 정답이지."

"그렇게 보기에 너무 충실히 따르는 거 같은데."

"열심히 세작질 중이기는 하지."

"왜?"

"그냥 살아남기만 하면 재미없잖아?"

키츠네는 특유의 오만한 표정을 드러냈다.

"하지만."

"하지만?"

"무얼 믿고 배를 옮기지? 아무리 태생이 뱀이었다 하여
도 풍신은 풍신이야."

카라스텐구의 물음에 키츠네가 싱긋 웃었다.

"내가 말 안 했구나."

"……?"

"그는 네가 아는 것처럼 흑화된 백호가 아니야."

"그럼?"

"용."

"……!"

카라스텐구의 눈이 부릅떠졌다.

"믿을 수 없어."

"믿게 해줘야겠네."

키츠네의 말이 끝나기가 무섭게.

카라스텐구의 발아래에 초도의 공간이 피어났다.

*　　　*　　　*

마치 동굴에라도 떨어진 듯 어두컴컴한 초도의 공간.

갑자기 바닥이 꺼지며 아래로 뚝 떨어진 카라스텐구는 낯선 공간에 흠칫하며 긴장감을 드러냈다.

"괜찮아."

"여긴 어디지?"

키츠네가 카라스텐구의 등을 두들겼지만, 그는 가시를 세운 고슴도치처럼 날카롭게 반응했다.

"초도의 공간."

"초도?"

"용생구자."

"……!"

카라스텐구가 눈을 부릅뜨며 주변을 살폈다.

그제야 스미요시카이의 카이쵸 류오코의 진명이 폐안이라는 것이 새삼 느껴졌다.

"자, 잠깐."

카라스텐구는 키츠네의 어깨를 잡았다.

"그러니까."

용생구자. 그리고 용.

갑자기 들이닥친 진실이 쉽사리 받아들여지지 않은 탓에

머리가 어지러웠다.

『쓸데없이 일을 벌였군.』

어둠 속에서 혼을 흔드는 목소리가 들려왔다.

그 목소리를 듣자 마치 번개라도 맞은 듯 카라스텐구는 몸을 바르르 떨었다.

그리고 숨이 턱 막혔다.

흡사 물에 빠진 것처럼.

겨우 입을 열어 숨통을 틔울 때였다.

반걸음 정도 앞서 있던 키츠네도 자신처럼 몸을 한 차례 떨더니 자연스럽게 바닥에 무릎을 꿇고 바닥에 머리를 대었다.

화아악—

검은 장막이 거둬지고 한 사내가 모습을 드러냈다.

박현이었다.

"죄, 죄송합니다."

키츠네는 바닥에 엎드린 채 떨리는 목소리로 용서를 구했다.

자존심으로 똘똘 뭉친 저 키츠네가, 풍신과 뇌신에게도 허리 한 번 숙이지 않던 저 키츠네가 바닥에 엎드린 것으로도 모자라 어깨마저 떨고 있었다.

"하오나 분명 박현 님께 도움이 될 것이옵니다."

키츠네는 목소리를 쥐어짜내듯 말했다.

『본인에게?』

"하, 하이!"

『네가 아니고?』

조소 어린 말에 키츠네는 애처로울 정도로 몸을 웅크렸다.

"카라스는 박현 님 앞에 풍신을……."

『풍신?』

박현의 반문에.

"아, 아니 야마타노오로치를."

키츠네는 재빨리 그의 호칭을 정정했다.

"서게 만들 수 있습니다."

『적풍궁도 내 손 안에 있다. 그런데 저자가 본인에게 의미가 있나?』

"야마타노오로치가 숨으면 찾기 어렵사옵니다."

『그래서 감서들이 적풍궁 내를 속속 뒤지고 있지. 비밀통로와 결계를 찾아서.』

둘의 대화 속에 자신은 거론되고 있지만, 박현에게 자신은 없었다.

마치 허수아비를 대하는 듯.

굴욕감에 카라스텐구는 주먹을 말아 쥐었다.

박현이 내뿜는 기운이 익숙해져서일까, 아니면 조금 전 충격이 가셔서일까.

아니면.

카라스텐구는 박현과 눈이 마주친 순간, 굴욕감이 한순간 몸집을 키우더니 울컥 목구멍을 타고 튀어나왔다.

"너무하는 것 아닙니까?"

그 말에 키츠네가 입을 쩍 벌리며 고개를 들어 카라스텐구를 쳐다보았다.

그러다 카라스텐구의 눈에서 익숙한 기운을 읽어냈다.

야사카니의 굽은 구슬에 먹힌 기운을.

'서, 설마.'

키츠네는 고개를 돌려 박현을 쳐다보았다.

'어, 어떻게?'

박현의 눈에 야사카니의 굽은 구슬의 기운이 은밀하게 감돌고 있었다.

어떻게가 아니었다.

'벌써!' 였다.

『죽고 싶은 게로군!』

"이익!"

카라스텐구는 이를 꽉 깨물며 반항심을 드러냈다.

그러자.

화아아아악!

박현의 몸에서 엄청난 살기가 피어나 카라스텐구의 몸을 찍어눌렀다.

"컥!"

그 기운에 눌린 카라스텐구는 몸을 바르르 떨며 고통스러운 신음을 삼켰다.

『죽고 싶나?』

팡!

박현의 기운이 터지며 그 뒤로 용의 형상이 피어났다.

"사, 살려……."

그 기운을 보자 카라스텐구는 본능적으로 바닥에 바싹 엎드렸다.

『살려달라?』

"사, 살려……."

백지장처럼 되어 버린 머리는 사고를 멈췄고, 오로지 살기 위한 몸부림만 남았다.

『살고 싶으면 내일까지 야마타노오로치를 본인 앞으로 데려오라.』

"하, 하이!"

카라스텐구는 이마가 깨어지는 것도 느끼지 못하는 듯 머리를 바닥에 강하게 찧으며 복명했다.

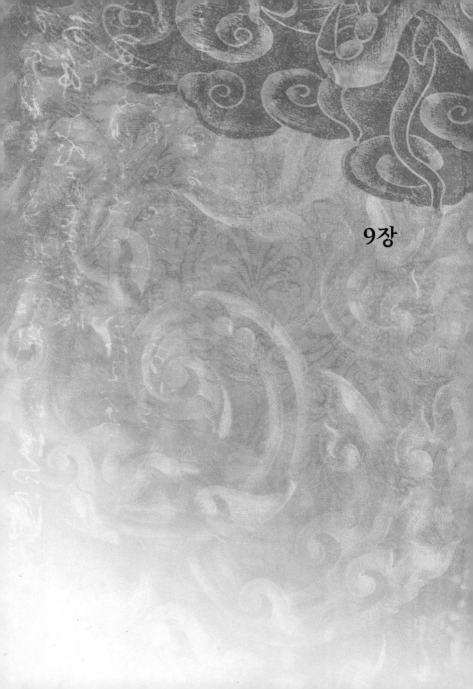

9장

카라스텐구가 다급히 초도의 공간에서 떠나고.

"무슨 할 말이라도 있나?"

박현은 뭉그적거리는 키츠네를 쳐다보며 물었다.

"아, 아닙니다."

"키츠네."

박현은 떨어지지 않는 발걸음을 떼는 그녀를 다시 불렀다.

"하, 하이?"

"잘하고 있다. 지금처럼만 하라."

그녀가 원한 대답은 아니었지만,

"하, 하이!"

키츠네는 나름 만족하며 카라스텐구의 뒤를 쫓아 초도의 공간에서 나갔다.

"흐……음?"

조완희가 다가와 묘한 소리를 삼켰다.

"왜?"

"실패한 능력이라고 하더니."

"실패했다고는 안 했다."

"……?"

"그리고 가진 힘을 안 쓸 이유는 없잖아. 안 그래?"

박현이 피식 웃으며 몸을 돌렸다.

*　　　*　　　*

적풍궁 뒤뜰.

카라스텐구는 뒤늦게 키츠네가 초도의 공간에서 나오자마자, 그녀에게 다가섰다.

"키츠네."

"……?"

"나를 좀 도와줘야겠소."

"뭐를?"

"풍신."

키츠네는 카라스텐구를 빤히 쳐다보았다.

"그를 설득하기에 나 혼자는 힘드오."

그의 눈동자에는 흔들림이 없었다.

"알았어. 내 밑밥을 좀 깔아놓을게."

키츠네는 머릿속에 박현을 떠올리며 대답했다.

"고맙소."

카라스텐구는 짧게 고개를 끄덕인 후 곧장 그 자리에서 떠났다.

키츠네는 쫓기듯, 아니 쫓겨 궁을 떠나는 카라스텐구의 뒷모습을 쳐다보았다.

그를 쳐다보며 키츠네는 자연스레 박현을 떠올렸다.

그리고 그에게 빼앗긴 야사카니의 굽은 구슬을 떠올렸다.

박현은 야사카니의 굽은 구슬의 힘을 꼬아 세뇌용으로 쓰고 있었다.

그걸 본 순간, 키츠네는 거대한 망치로 맞은 듯 충격을 받았다.

자신이 수백 년 동안 썼던 힘이었다.

그렇기에 야사카니의 굽은 구슬에 담긴 힘을 모를 리 없다.

아니, 그릇이 달라 몰라보았던 게 아닐까?

용.

그 이름이 주는 무게감이 새삼 다르다는 걸 느꼈다.

"잘하고 있다. 지금처럼만 하라."

초도의 공간을 떠나기 전 그가 전한 말이 떠올랐다.

원한 바는 아니지만, 그래도 소기의 성과는 있었다.

이어 고개를 돌려 적풍궁을 쳐다보았다.

'그래, 이렇게 살아남는 거야.'

살아남으면 되는 거다.

'풍.'

살아만 남으면.

'난 살아남아야겠어. 너를 제물로 삼아서.'

동시에 키츠네는 왠지 모를 불안감에 몸을 떨었다.

*　　*　　*

카라스텐구는 냉랭한 표정으로 자리한 세 텐구들을 쳐다
보았다.

"왜?"

"벌써부터 다이텐구 노릇인가?"

아쿠텐구와 이즈나곤겐.

둘은 벌써부터 삐딱선을 탔다.

카와텐구는 둘에게 동참하지는 않았지만, 불편한 기색을 숨기지는 않았다.

"휴우—."

카라스텐구는 그런 셋을 보며 한숨을 내쉬었다.

"이봐들."

그리고 묵직한 목소리를 냈다.

"우리가 약속한 바대로 살아갈 방법을 찾았어."

그 말에 조소를 머금고 있던 아쿠텐구와 딴청을 피우던 이즈나곤겐이 흠칫거리며 눈을 동그랗게 떴다.

"평등하게."

"……."

"……."

여전히 셋의 시선에는 못 미덥다는 기색이 담겨 있었다.

"어떻게?"

카와텐구가 입을 뗐다.

"나를 믿나?"

카라스텐구의 목소리가 낮아졌다.

그리고 눈빛은 진중해졌다.

"지금은 못 믿어."

카와텐구가 고개를 저었다.

"하지만 나는 너를 안다. 그래서 한 번은 속는 셈치고 믿어줄 수 있어."

카와텐구의 말을 들은 카라스텐구는 고개를 끄덕이며 아쿠텐구와 이즈나곤겐을 쳐다보았다.

"믿어야 하나?"

"우리의 명운을 걸어야 하니까."

"좋아. 한 번, 한 번은 믿지."

아쿠텐구.

이어 이즈나곤겐은 시선을 마주한 채 묵직하게 고개를 끄덕임으로 대답을 대신했다.

"우리의 평등을 위해서."

카라스텐구는 잠시 한 박자 쉬어 마음을 가라앉힌 후 다시 입을 열었다.

"풍신을 죽이자."

순간 정적이 흘렀다.

"내가 잘못 들은 건 아니지?"

아쿠텐구는 눈을 껌뻑이며 되물었다.

카라스텐구는 고개를 저었다.

"잘못 듣지 않았어."

"카라스. 지금 무슨 말을 하고 있는지 아는 겐가?"

이즈나곤겐이 떨리는 목소리로 물었다.

"누구보다 잘 알아."

카라스텐구는 이즈나곤겐의 눈을 직시하며 말했다.

"곤겐."

"……."

놀란 마음을 진정시키고 있는 듯 그는 아무런 말이 없었다.

"바다를 건너기 위해서는 거센 풍랑을 이겨내야 하지."

카라스텐구는 이를 꽉 깨무는 이즈나곤겐을 뒤로 하고 다시 시선을 아쿠텐구와 카와텐구에게로 돌렸다.

"카라스."

"말해."

"좋아. 다 좋아. 그런데……."

아쿠텐구.

"어떻게 죽이겠다는 거지?"

"죽일 수는 있고?"

그를 이어 카와텐구가 의심을 채워 물었다.

"죽일 수 있어."

카라스텐구는 대답을 하며 박현을 떠올렸다.

말로만 듣던 용.

진체를 접한 순간, 카라스텐구는 느꼈다.

풍신은 용이 아님을.

용의 탈을 쓴 뱀임을.

『살고 싶으면 내일까지 야마타노오로치를 본인
앞으로 데려오라.』

그가 말했다.

풍신, 아니 야마타노오로치를 내일까지 그의 앞에 바치
면 자신은 살 수 있다고.

그리고 확신했다.

자신이 살면, 텐구들도 살 수 있음을.

"오늘 키츠네의 소개로 누군가를 만났다."

"……?"

"……?"

"……?"

카라스텐구는 의아해하는 텐구들을 바라보며 입을 열었
다.

"용."

"……!"

"……!"

"......!"

"그가 말했어. 그를 자신 앞에 데려오면 모든 걸 해결해 주겠다고."

세뇌는 카라스텐구의 바람과 생각을 비틀고 비틀어 상상 속의 말을 만들어냈다.

"그는 이미 적풍궁도 집어삼켰어. 그저 우리는 풍을 용 님 앞에 데려가기만 하면 돼."

*　　　*　　　*

적풍궁.

"후우—."

아쿠텐구는 풍신의 방문 앞에서 긴장감을 털기 위해 깊 게 숨을 내쉬었다.

"긴장할 것 없어. 우리는 그저 그를 그의 앞에 데려가기 만 하면 돼."

카라스텐구는 아쿠텐구뿐만 아니라 이즈나곤겐과 카와 텐구를 굳건한 눈으로 쳐다본 후 고개를 돌려 한 사내를 쳐 다보았다.

시선이 마주치자 그는 조용히 방문을 열었다.

방 중앙, 상석에 풍신이 자리하고 있었다.

심각한 표정으로 고민하고 있는 풍신 옆에 키츠네가 자리하고 있었다.

자연스레 카라스텐구는 키츠네와 눈이 마주쳤다.

"어인 일이냐?"

풍신이 물었다.

카라스텐구는 재빨리 그의 앞으로 걸어가 무릎을 꿇고 앉았다.

그리고 예를 다해 절을 한 후, 고개를 들어 풍신을 쳐다보았다.

"궁주."

"말하라."

"부디 류오코와 흑호를 만나 평화조약을 맺기를 감히 청하옵니다."

쿵!

카라스텐구는 바닥에 머리를 찧었다.

"평화조약?"

"이면의 양지는 오로지 궁주의 것. 그 누구도 침범할 수 없는 자리이옵니다. 위엄에 흠집이 나지 않게 미리 단속하는 것이 옳다 보입니다."

"흠."

풍신은 묵직한 신음을 내뱉었다.

그의 침묵이 이어지자 카라스텐구는 긴장감을 애써 가라앉혔다.

"안 그래도 키츠네를 통해 연락이 왔었다."

"하이?"

"류오코가 만났으면 한다더군."

카라스텐구는 시선을 돌려 키츠네를 쳐다보았다.

눈이 마주치자 키츠네는 슬쩍 윙크를 날렸다.

"결국 예상한 바대로 류오코는 이면의 음지를 원하는 것이었어."

"그 말은 곧 양지는 궁주의 것이라는 의미이기도 해."

키츠네.

그 말이 마음에 들어서일까, 풍신의 입가에 희미하게나마 미소가 언뜻 걸렸다가 사라졌다.

"어쩌면 잘된 일일지도 모릅니다."

그 미소를 알아차린 카라스텐구는 재빨리 입을 열었다.

"잘된 일일지도 모른다?"

"확실히 음지와 양지를 나눈다면."

흥미도 동했던지 풍신의 몸이 앞으로 살짝 기울어졌다.

"둘은 음지를 두고 다툴 것입니다."

"다투지 않는다면?"

"다투게 만들면 되지 않겠습니까?"

"다투지 않으면 다투게 만들면 된다."

풍신은 다시 뒤로 몸을 기대며 손으로 턱을 쓰다듬었다.

"양지는 오로지 궁주의 것이지만, 음지는 둘의 것이기 때문입니다."

풍신은 카라스텐구의 말에 일리가 있다 여겨 고개를 끄덕이며 입을 열었다.

"류오코와 손을 맞잡은 게 흑화된 백호라 했던가?"

"맞습니다."

"흑화라."

"비록 힘이 눌려 류오코의 아래 잠잠히 있지만, 조금만 힘이 더 커진다면 무슨 사고를 칠지 모르는 존재지. 흑화된 존재의 성질이 그러하니."

키츠네가 거들었다.

"좋은 군주란, 밑의 말에 귀를 잘 기울어야 하는 법이라 했던가?"

풍신이 키츠네를 쳐다보며 입을 열었다.

"약속을 잡아 봐."

"그래."

키츠네는 웃었고.

카라스텐구는 주먹을 꽉 말아쥐며 고개를 숙였다.

　　　　*　　　*　　　*

　　키츠네는 초롱초롱한 눈으로 박현을 올려다보고 있었
다.

　　마치 '저 잘했죠?' 라고 외치는 한 마리 고양이처럼.

　　박현은 등받이에 몸을 기대고 턱을 괸 채 그런 그녀를 내
려다보았다.

　　"장소는?"

　　"어디든 상관없다고 하더군요."

　　"어디든 상관없다?"

　　"하이."

　　"자신감인가 자만인가?"

　　박현은 깍지를 껴 무릎 위에 올렸다.

　　"허세예요."

　　"……?"

　　박현은 키츠네의 말에 그녀를 다시금 내려다보았다.

　　"가면이 만든 허세."

　　"하하하."

　　"지금 겉으로 표현을 못 해서 그렇지 지금 엄청 똥줄 타
고 있을걸요?"

　　"칭찬은 이 정도면 충분하겠지?"

박현이 미소를 지우자, 키츠네는 움찔하며 이내 머리를
바닥으로 조아렸다.

"시간은?"

"저녁을 함께 드시는 게 어떨지 의향을 여쭤보라 했습니
다."

"저녁이라."

사실 친해지는 첫걸음으로 가벼운 반주가 곁들여진 식사
만큼 좋은 것도 없다.

"적당한 곳을 알고 있나?"

"하이!"

"그곳이 어디지?"

"그곳은……."

*　　　*　　　*

절제된 일본 가옥.

"아이구구, 허리야."

환오 법사가 허리를 두들기며 정원 바위를 걸터앉았다.

"어디서 허리 타령인가?"

그러자 휠체어를 탄 만신 이화가 곁으로 다가가 눈을 흘
겼다.

"어이쿠."

환오 법사는 머쓱하게 머리를 긁었다.

"예나 지금이나 불편하군."

만신 이화가 정원을 쳐다보며 입을 열었다.

"무엇이 말입니까?"

"참으로 딱딱한 풍광이지 않나?"

"……?"

"자를 덴 듯 깎여나간 바위, 칼에 잘려나간 나뭇가지, 구불구불하게 억지로 꺾은 연못."

"왜, 이놈들은 자연의 모든 걸 정원 안에 담았다고 자랑하는걸요?"

"담았다기보다 자르고 깎아 욱여넣은 거지. 그래서 위화감이 느껴져."

만신 이화는 고개를 돌려 환오 법사를 쳐다보았다.

"자네는 안 그런가?"

"안 그럴 리 있겠습니까?"

환오 법사는 긍정을 하면서도 별다른 표정의 변화가 없었다.

하긴 물어보나 마나 한 질문이기는 했다.

자연의 흐름 속에 몸을 맡겨 신을 만나는 이들이 바로 무당이 아니겠는가?

환오 법사나 만신 이화에게 있어 일본식 정원은 마치 콘크리트 숲에 들어선 자연인이나 매한가지였다.

"불편해도 그저 흘려보내는 거지요."

"껄껄껄."

그에 만신 이화가 쇳소리 섞인 웃음을 내뱉었다.

"자네가 나보다 낫구먼."

"에이, 만신님도 참."

"수고스럽게 해서 죄송합니다."

조완희가 나머지 두 법사들과 함께 다가왔다.

"내일 곧 죽을 몸이라도 왔을 터."

만신 이화가 손을 휘휘 저었다.

"자네 낚시 좋아하나?"

환오 법사가 뜬금없는 질문을 던졌다.

"아직 해 본 적이 없습니다."

"진정한 낚시꾼들은 그저 물고기나 잡자고 터로 가지 않아."

"……?"

조완희가 궁금한 표정을 띨 때.

"하하하."

"껄껄걸."

법사들과 만신 이화는 말뜻을 알아차린 듯 웃음을 내뱉

었다.

"진정한 낚시꾼들은 잔챙이랑은 안 놀아. 오로지 한 놈만 노리고 가지."

"한 놈이요?"

"험난한 낚시터에서 살아남는 것도 모자라 낚시꾼들을 조롱하는 터줏대감. 그놈 하나만 보고 가는 거야."

"아—."

그제야 조완희는 이해한 듯 감탄을 내뱉었다.

"내 인생 최고의 낚시가 아닐까 싶어. 허허허."

환오 법사는 엉덩이를 툭툭 털며 자리에서 일어났다.

"그럼 법진을 마무리하자꾸나."

환오 법사는 법진의 중심이 될 정자로 뚜벅뚜벅 걸어갔다.

*　　*　　*

"그래, 어찌 되었나?"

풍신은 키츠네가 앉자마자 물었다.

목소리나 표정은 아닌 척했지만, 키츠네는 그의 초조함을 알아차렸다.

그도 그럴 수밖에 없는 것이, 스스로 결정한 것이 아니라 수하들 앞에서 위신을 세우기 위해 벌인 일이니 말이다.

"내일 저녁에 만나기로 했어."

"장소는?"

역시나.

"장소는 내일 오후에 알려주기로 했어."

"음."

풍신은 저도 모르게 안도의 감정을 드러냈다.

"화예. 준비하라고 연락 넣어놨어."

화예.

불의 예술이라는 뜻을 가진 일본 정식 요리점이다.

요리에 관심이 많은 이라면 누구나 들어보고 가보고 싶은 곳이지만, 소수를 제외하고는 그 위치조차 모르는 식당이기도 했다.

그리고 그곳은 키츠네의 안마당이었다.

"화예라. 좋군."

풍신은 흡족한 미소를 드러냈다.

딱히 미식을 즐기지 않는 풍신이었지만, 그도 그곳의 요리를 좋아했다.

하지만 지금은 그 요리를 먹을 수 있어서가 아니라 적진이 아닌 곳이어서, 적어도 등에 칼 꽂힐 걱정은 안 해도 된다는 뜻에서 오는 만족감이리라.

그제야 마음이 풀린 듯, 가면이 아닌 노곤한 진짜 표정을 드러낸 풍신은 슬쩍 손을 뻗어 키츠네의 허벅지에 손을 얹었다.

"그나저나 지내기는 편한가?"

이제 자신의 여인이라 여긴 탓인지, 풍신은 어느덧 그녀를 향해 말을 놓고 있었다.

"왜? 불편하면?"

"그야……."

풍신은 당연히 신녀들을 호되게 벌하겠노라 말을 하려다가, 지금 쓰고 있는 가면을 떠오르자 순간 말이 탁 막혔다.

"괜찮아. 편하니까."

"……다행이군."

"이봐. 풍."

키츠네는 그에게로 몸을 살짝 가져갔다.

"……?"

"답답하지?"

"큼!"

풍신은 헛기침을 내뱉었다.

"훗."

그 모습에 키츠네가 그의 허벅지에 손을 살포시 얹었다.

"풍."

"……?"

"내가 좋아하는 말이 뭔지 알아?"

"무, 무엇인가?"

그녀의 손길 때문이었을까, 풍의 얼굴이 살짝 달아올랐다.

"제왕무치(帝王無恥)."

"제왕무치?"

"그래 제왕무치."

왕은 부끄러움이 없다.

고로 부끄러움이 없으니 거리낄 것도 없다.

"내일 류오코와의 만남과, 평화 조약은 달리 생각하면 너의 대관식이야."

"대관식이라."

풍은 그게 뭐냐 싶은 표정을 지어 보였다.

어차피 이 땅을 다스리는 이는 자신이었으니.

"아냐."

키츠네는 고개를 저었다.

"이 세상에 두 왕은 없어. 왕은 오로지 하나지."

뇌신.

당연히 풍신의 눈썹이 꿈틀거렸다.

"그렇군."

하지만 그녀의 말이 옳다 여긴 풍신은 고개를 끄덕였다.

풍신은 싱긋 웃으며 손을 좀 더 그녀의 허벅지 깊숙이 넣었다.

"대관식이 먼저야."

키츠네는 부드럽게 그의 손을 물리며 그의 코를 손가락으로 가볍게 튕겼다. 그리고는 그의 방을 빠져나갔다.

"으으으!"

방문이 닫히자 그녀는 짜증 나는 얼굴로 허벅지를 탁탁 털었다.

*　　*　　*

다음 날 저녁.

탁—

풍신은 가벼운 발걸음으로 바닥에 발을 내디뎠다. 그리고 그런 그의 옆과 뒤로 키츠네와 세 텐구들이 내려섰다.

"오랜만이군요."

풍신은 마당 저편에 자리하고 있는 시사와 호야우카무이와 눈을 마주치자 담담한 미소를 지으며 인사했다.

"오랜만입니다."

"……."

시사는 화답을, 호야우카무이는 그저 묵묵히 허리를 숙이며 인사를 받았다.

"……?"

풍신은 그런 그의 옆에 서 있는 두 사내에게로 눈을 돌렸다.

조완희와 서기원이었다.

"못 보던 얼굴이군요."

"신경 쓰실 거 없습니다."

풍신도 시사와 호야우카무이니까 인사를 건넨 것이지 어차피 누군지 알려고 물은 건 아니었다.

"그래요, 그럼."

"기다리고 계십니다. 오르시지요."

시사가 팔을 뻗어 정자를 가리켰다.

풍신은 고개를 끄덕이며 고개를 돌려 키츠네와 텐구들을 쳐다보았다.

"어찌할까요?"

"저희는 밑에 있겠습니다."

카라스텐구.

"키츠네, 그대는 나와 함께 오릅시다."

"저도 여기에 있을게요."

키츠네는 싱긋 웃으며 거부했다.

"……."

당연히 풍신의 미간이 슬쩍 좁아졌다.

"류오코와 일대일 면담이에요. 사적인 감정은 좀 미뤄요."

키츠네는 가슴을 쓰다듬듯 그의 옷차림을 다시 만져주었
다.

"그렇지. 내 다녀오리다."

풍신은 삐져나온 키츠네의 머리카락을 귀 뒤로 쓸어넘겨
준 뒤 정자로 향했다.

투욱—

풍신은 가볍게 허공을 날아 정자 위로 올라갔다.

"류오코. 오랜만이에……."

정자에 앉아 있는 이에게 인사를 건네던 풍신은 그 인사
를 끝까지 가져가지 못했다.

"앉으세요."

"누구?"

"본인?"

풍신을 맞이한 이는 바로 박현이었다.

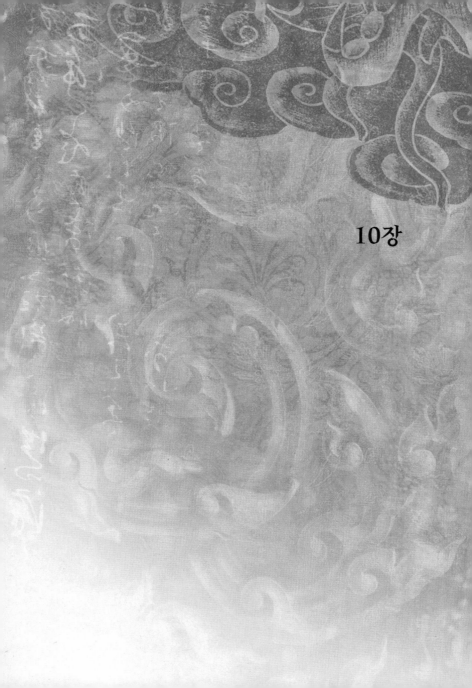

10장

풍신은 낯선 사내의 등장에 잠시 당황했지만, 이내 그가 누구인지 알아차렸다.

왜냐하면 이 자리에 폐안을 대신해 앉을 이는 몇 없었고, 그 중 둘은 저 아래에 있으니 말이다.

"흑호시군요."

풍신은 좀 더 가벼운 표정을 지으며 박현 앞에 앉았다.

"이름이 하시모토 히로후미라 듣기는 했지만, 진명은 모르는군요."

"굳이 알 필요가 있나?"

박현의 말에 풍신의 눈썹이 꿈틀거렸다.

조금 전, '본인?' 하고 짧게 툭 던진 반말이 잘못 들은 게 아니었다.

"하긴 굳이 과거를 들춰 좋을 건 없지요."

풍신은 다시 담담한 표정을 지었다.

"이곳에 터를 잡았으니 하시모토 히로후미란 이름으로 살아가시는 걸 추천합니다."

그 말에 박현은 피식 웃음을 삼키며 찻잔을 들어 마셨다.

노골적인 웃음에 풍신의 눈썹이 다시금 꿈틀거렸다.

속이 적잖게 부글부글거렸지만, 풍신은 소리를 죽여 깊게 숨을 내쉬어 속을 달랬다.

"성정이 꽤나 화끈합니다."

칭찬을 빗댄 일본 특유의 비꼼이었다.

그걸 박현이 모를 리는 없고.

"그냥 대놓고 싸가지 없다고 그래."

"하이?"

이런 직설적인 반응을 받아보지 못한 탓일까? 풍신은 순간 당황했고, 그걸 얼굴로 드러냈다.

"풍신이나 되었으면서 무슨 타테마에[建前, 겉마음]는 타테마에야?"

"……."

풍신의 눈매가 가늘어졌다.

"왜, 눈치를 봐야 할 신이 있나 봐?"

박현은 손안에서 찻잔을 핑그르르 돌리며 풍신을 쳐다보았다. 그의 이죽거림에 풍신의 가늘어진 눈매 곁으로 주름이 깊게 파였다.

"본주가 누구의 눈치를 볼 거라 여기는가?"

가면이 살짝 벗겨진 듯 풍신의 목소리는 거칠어졌다.

"그럼 왜?"

"왜, 왜?"

"왜 기분 나쁘게 타테마에로 돌려 까는데?"

'끄응.'

순간 말문이 턱 막힌 풍신은 앓는 소리를 조용히 삼켰다.

"아니면……."

"아니면?"

"본인의 눈치를 보는 건가?"

박현이 대놓고 비릿하게 입술 끝을 말아 올렸다.

"흑호."

결국 가면을 쓰고 있던 풍신도 그 조소에 가면을 벗을 수밖에 없었다.

"천외천이라 해서 다 같은 천외천이 아닙니다."

풍신이 은은한 살기를 쏘아냈다.

그러거나 말거나.

"류오코 형님이 늦는다 했으니 우리끼리 먼저 밥이나 먹자고."

박현은 살기를 흘려보내고는 목소리를 키워 정자 아래를 향해 명했다.

"식사를 내오세요."

명백한 무시.

그런 무례한 행동에 풍신의 표정이 굳어지나 싶었더니 이내 눈매가 다시 가늘어졌다.

"기분 나쁜 눈초리인데……."

박현은 자신을 훑는 풍신의 눈빛에 미간을 찌푸렸다.

"그대는 본주와 다르지만, 한편으로는 같군."

안하무인(眼下無人).

풍신은 그런 박현의 모습에 오히려 담담한 미소를 지었다.

"무슨 뜻이지?"

"식사가 나왔군요. 먹으면서 이야기를 하도록 하죠."

풍신은 부드러운 목소리로 말을 잠시 끊었다.

그에 맞춰 젊은 여자 종업원 둘이 커다란 쟁반을 들고 와 박현과 풍신 앞에 내려놓았다.

"……?"

앞에 놓인 밥상을 보자 풍신의 미간이 저절로 찌푸려졌다.

젓가락이 가로가 아닌 세로로 놓여 있을뿐더러, 낯선 숟가락도 함께였고, 국그릇이 놓여야 할 곳에는 거무스름한 뚝배기가 놓여 있었다. 거기에 심심하게 느껴질 반찬도 색이 진한 것으로 바뀌어져 있었다.

즉, 평소 그가 접하던 상차림이 아니었기 때문이었다.

또한 뚝배기에서 익숙한 듯 낯선, 평생 맡지 못했던 묘한 냄새도 맡아졌다.

그걸 모르는 듯 상을 내온 종업원은 뚜껑을 열었다.

"킁킁. 이게 뭐지?"

풍신은 뒤로 물러나는 종업원을 쏘아보며 물었다.

"청국장."

하지만 대답은 종업원이 아닌 앞에서 들려왔다.

박현은 그만 물러가라고 손을 휘저으며 숟가락을 들었다.

"청구끄, ……나니[なぁに, 뭐]?"

"청국장. 대충 낫토 된장국이라고 생각하면 비슷해. 맛은 다르겠지만."

박현은 청국장을 한 입 떴다.

"아! 고추도 넣어서 좀 매울 수도 있어."

"……."

풍신의 표정이 묘하게 일그러졌다.

"다 좋은데 일본 음식은 너무 짜고 달아서. 입이 맹맹해지더라고."

박현은 숟가락으로 밥을 펐다.

"본인이 먹고 싶어서 주문했으니까, 그냥 먹어."

풍신은 어색하게 숟가락을 들며 박현을 다시 쳐다보았다.

독단적이며 이기적인 모습.

조금 전 알아차린 안하무인의 성격은 잘못 본 게 아니었다.

풍신은 이런 부류는 잘 안다.

스스로 최고라 여기며 가진 것을 결코 나누지 않음을.

왜냐하면 평생이라고 해도 좋을 만큼, 수백 년을 보아왔다.

뇌신.

지금이야 폐안 아래 있지만, 머지않아 반기를 들 것이 분명했다.

'반기라.'

풍신은 숟가락으로 걸쭉한 청국장을 뒤지며 생각에 잠겼다.

'내가 그에게 이면의 밤을 제안한다면?'

열에 열, 받아들인다.

입술이 말려 올라갔다.

"입에 안 맞나?"

"아닙니다."

풍신은 청국장을 떠 한 입 먹었다.

향이 강한 것을 제외하고는 의외로 나쁘지 않았다.

그렇다고 입맛에 맞는 것은 아니었다.

그냥 한 끼 정도 참고 먹을 만한 정도였다.

어차피 신(神)에게 음식은 필수가 아닌 취미에 가까운 것이니.

풍신은 적당히 맛만 본 후 수저를 내려놓았다.

"이보게, 흑호."

풍신은 박현이 그릇을 비워내자 다시 말을 붙였다.

"입에 잘 안 맞은 모양이군."

박현은 반 이상 남은 상을 쳐다보며 말했다.

"나쁘지 않았습니다. 단지 낯설어서 그런 것일 뿐."

딱히 박현은 그에 뭐라 말을 하지 않았다.

"그나저나 지낼 만은 한가요?"

풍신은 다시 자신이 다루고자 하는 주제로 말을 돌렸다.

"진작 넘어올 걸 그랬어."

"……?"

"발을 내딛는 곳이 곧 본인의 땅이니……, 천국이 따로 없어. 크크크."

박현은 거만을 떨었다.

"……그런가요?"

그에 맞춰 풍신이 입꼬리가 말려올라 갔다.

"뭐야?"

그 비릿한 미소에 박현이 미간을 슬쩍 좁혔다.

"본인한테 하고 싶은 말이라도 있는 건가?"

박현의 목소리는 은근하게 낮아졌고, 눈빛은 뭔가 초롱초롱하게 빛났다.

이심전심이라고 했던가.

"없었지만, 이제는 있습니다."

"그게 뭔지 기대가 되는데?"

"후후."

풍신은 기대감을 드러내는 박현을 보며 나직한 웃음을 내뱉었다.

"그나저나 류오코가 늦는군요."

"본인이 좀 늦게 오라고 약속 시간을 달리 말했어."

"그런가요?"

"어."

"왜 그랬는지 묻고 싶어지는군요."

풍신의 눈이 반짝였다.

"왠지 좋은 일이 일어날 것만 같아서."

"그래서요?"

"본인의 기대처럼 일어나고 있는 것 같아."

"그 기대감을 만족시켜 드리고 싶군요."

"부디 만족시켜 주기를 바라."

박현이 씨익 웃자, 풍신도 따라 씨익 웃었다.

"본주는 흑호님처럼 겉과 속이 같은 이가 좋습니다."

"뭐야? 겨우……."

박현이 실망감을 표출하자, 풍신은 검지를 까딱거렸다.

"본주의 말을 끝까지 들어보세요."

풍신은 주변을 흘깃거리며 목소리를 더욱 낮췄다.

"본주에게는 오랜 파트너가 있었죠."

뇌신.

그 이름에 박현의 얼굴이 찌푸려졌다.

"마침 흑호께서 파트너였던 이의 신물마저 가지고 있으니……."

그는 거의 들리지 않는 목소리로, 입술만 달싹거리는 정도로 목소리를 다시 한번 더 낮췄다.

"본주와 손을 잡는 게 어떠신지?"

"파트너를 맺자?"

"본주는 이 땅의 양지를, 흑호님께서는 이 땅의 음지를."

말을 마친 풍신은 그제야 몸을 다시 뒤로 가져갔다.

하지만 이내 다시 그는 얼굴을 박현에게로 가져가야 했다.

"내 형님은?"

류오코라는 이름을 가진 폐안.

"피붙이도 아니지 않나요?"

"그게 중요한가?"

"신들 사이에 형제란 단어에…… '의미'가 있나요?"

"없지."

풍신의 비릿한 미소에 맞춰 박현도 비릿한 감정을 드러냈다.

"그럼 뭐가 문제죠?"

"문제없어. 나도 바라는 바였으니까."

"바라는 바?"

"본인이 이 섬에 올 때 바라던 바."

"그게 뭔가요?"

"나는 음지를 갖는다."

"호오—."

풍신이 묘한 감탄을 내뱉을 때였다.

딱!

박현이 손가락을 튕겼다.

"선물 하나 준비했어."

"선물 말입니까?"

"그래, 선물."

그 신호에 조완희가 장자 위로 올라와 붉은 보자기를 꺼내 탁자 위에 올려놓았다.

"그대를 위한 선물이지."

"본주를 위한?"

"동시에 나의 바람을 위한 것이기도 하고."

"후후후."

그가 말한 바람.

이 땅의 음지의 지배자가 되는 것.

곧 서로의 마음이 통했다는 뜻이리라.

박현은 붉은 보자기를 풍신 앞으로 내밀었다.

"무엇인지 기대가 되는군요."

풍신은 상을 옆으로 물린 후, 붉은 보자기를 당겼다.

그리고 펼쳤다.

퉁!

보자기를 펼치자 노란 부적이 허공으로 튀어올랐다.

파지직— 화르르륵!

부적은 불이 되어 사라졌고,

쿠웅!

엄청난 기운이 튀어나와 바닥으로 스며들었다.

구오오오오오오!

그리고 거대한 결계가 정자를 중심으로 만들어졌다.

"이걸 어쩌나."

박현은 순간 당황해하는 풍신을 바라보며 등받이로 몸을 기댔다.

"본인이 이 땅의 절반을 가지고 싶은 건 맞는데."

풍신의 뺨이 꿈틀거렸다.

"그대는 아니야."

"무슨!"

"그대는 그저 본인의 손에 죽어야 할 존재일 뿐이니까."

박현은 씨익 웃음을 지으며 살기를 드러냈다.

"이 땅은 본인과 본인의 형제인 용생구자의 것이 될 것 이니까."

*   *   *

구오오오오오!

순간 무슨 일인지 파악하지 못하고 멍하니 있던 풍신은, 머리 위에 반투명한 결계가 피어나자 그제야 현 사태를 파악했다.

"이놈!"

풍신은 노성을 터트리며 힘을 터트렸다.

퍼벙— 퍼버벙!

그가 내뿜은 바람의 힘이 마주한 탁자를 갈기갈기 찢어 발겼다.

팡! 파바박!

크게는 주먹, 작게는 이쑤시개처럼 부서진 나무 파편들이 허공에 비산하는가 싶더니.

화살처럼.

암기처럼.

공기마저 꿰뚫으며 박현의 몸을 덮쳐갔다.

그의 몸이 고슴도치로 변하려는 순간.

파지직!

박현의 몸 주변으로 거대한 불꽃이 피어났다.

화르르륵~

그 불꽃은 아귀처럼 나무파편들을 집어삼켰다.

팡!

그 사이 풍신은 허공에 몸을 날려 정자 밖으로 튀어나왔다.

"키츠네!"

그리고는 곧장 키츠네를 불렀다.

"나 불렀어?"

"결계를 해체…… 하…….."

하지만 풍신은 말을 끝마치지 못했다.

"풋!"

키츠네는 보란 듯이 조소를 내뱉고는 단걸음에 박현 곁으로 다가가 섰다.

"키츠네!"

풍신이 분노를 담아 다시 그녀를 불렀고, 돌아온 그녀의 대답은.

"지랄한다, 뱀 새끼 주제에."

조롱을 가득 담고 있었다.

"까드득!"

그에 풍신은 온몸을 부들부들 떨며 분노를 표현했다.

"카라스."

풍신이 이를 갈며 카라스텐구를 불렀다.

"……."

허나 대답은 없었다.

"카라스!"

풍신은 키츠네와 박현을 노려보며 좀 더 목소리를 키워 카라스텐구를 다시 불렀다.

"……."

여전히 들려와야 할 복명의 소리는 없었다.

"······!"

순간 풍신의 눈동자가 파르르 떨렸다.

'설마.'

설마!

풍신은 고개를 돌려 카라스텐구가 있는 쪽을 쳐다보았다.

그곳에 카라스텐구가 서 있었다.

안도의 한숨을 내뱉으려 했지만, 풍신의 얼굴은 야차처럼 일그러졌다.

카라스텐구는 예를 갖춘 모습이 아닌 팔짱을 낀 채 자신을 올려다보고 있었다.

그것도 무척이나 담담하게.

그렇지만 매우 날카로운 눈빛으로.

자신을 올려다보고 있었다.

"카라스!"

풍신이 재차 그를 불렀지만 그는 요지부동이었다.

"······!"

풍신은 다시금 눈을 부릅뜨며 고개를 돌려 그와 함께한 아쿠텐구, 이즈나곤겐, 그리고 카와텐구를 쳐다보았다.

카와텐구는 왠지 모르게 안절부절못하는 눈치였고, 아쿠

텐구와 이즈나곤겐은 한껏 긴장된 표정으로 자신을 올려다
보고 있었다.

"너희도냐?"

풍신은 그들을 내려다보며 목소리를 긁어 물었다.

"그, 그게……."

카와텐구가 우물우물하자.

"카와!"

카라스텐구가 카와텐구를 불렀다.

카와텐구는 고개를 돌려 카라스텐구를 쳐다보았다.

그는 여느 때처럼 무심히, 거기에 흔들림 없이 서 있었
다.

"아쿠! 곤겐!"

카라스텐구는 이어서 아쿠텐그와 이즈나곤겐을 불렀다.

그의 부름에 셋이 발걸음을 뗄 때였다.

"어딜!"

풍신의 바람이 칼날이 되어 그들을 덮쳤다.

우르르 콰광!

하지만 그런 칼날을 번개가 깨트렸다.

동시에 시사와 호야우카무이가 나서서 둘을 보호했다.

"크크크크!"

그 모습에 풍신은 갑자기 웃음을 내뱉기 시작하더니.

"크하하하하!"

급기야 허리까지 젖히며 웃음을 더욱 크게 터트렸다.

얼마나 웃었을까.

한참이나 시간이 지난 후에야 그는 웃음을 그칠 수 있었다.

웃음 뒤 그의 얼굴에 남은 것은 야차처럼 일그러진 분노와 그에 어울리지 않는 입가에 맺힌 비릿한 조소였다.

"겨우."

풍신은 가면을 벗어버리기로 마음을 먹은 듯 목소리는 음산했다.

"너희들이 선택한 놈이."

풍신의 시선이 박현에게로 향했다.

"반도에서 꼬리를 말고 도망친 흑화된 백호더냐?"

박현을 향해 이죽거린 풍신은 다시 카라스텐구와 그 뒤에 선 텐구들을 내려다보며 조소를 머금었다.

쏴아아아아!

풍신의 몸 주변으로 날이 시퍼런 바람의 칼날이 휘몰아치기 시작했다.

삭— 삭— 삭—

그러한 칼날은 카라스텐구의 코앞을 스쳐 지나가며 그를 위협했다.

무표정한 카라스텐구의 눈에 공포가 스물스물 피어나려는 그때였다.

우르르 콰쾅!

다시금 하늘에서 날벼락이 떨어졌다.

파장창창— 차장!

몇 줄기 벼락이 칼바람을 부웠다.

"어이! 야마타노오로치."

그리고 박현의 목소리가 그를 불렀다.

풍신은 더욱 웃음기를 짙게 만들며 고개를 돌려 여전히 정자에 앉아 있는 박현을 쳐다보았다.

"감히 본주를 놀려?"

풍신의 몸 주변으로 휘몰아치던 칼바람은 거센 폭풍처럼 몸집을 키워갔다.

서걱!

커진 폭풍의 칼바람은 정자의 기둥을 자르고.

파사삭!

지붕의 기와를 산산이 갈아버렸다.

그렇게 풍신은 칼바람으로 마치 지우개로 그림을 지우듯 정자를 지워나가며 박현의 목줄기에 칼바람을 내밀었다.

"고작 반도에서 꼬리를 말고 도망친 주제에?"

슥—

서늘한 칼날이 목을 눌러왔다.

"이 본주가 우롱해?"

칼날이 묵직하게 목을 꾹 눌렀다.

"천외천이 다 같은 천외천인 줄 알았더냐?"

풍신은 이죽거리며 입술을 비틀었다.

"네 몸을 갈기갈기 찢어 개먹이로 던져주마!"

삭!

칼바람이 살갗을 파고든 듯 목이 따끔했다.

뜨끈한 것이 피가 살짝 맺힌 모양이었다.

박현은 대수롭지 않게 목에 겨눈 칼바람을 밀어내며 자리에서 일어났다.

"말 다 했나?"

박현은 말을 툭 던지며 손가락을 목으로 가져갔다.

미끈한 피 한 방울이 손가락에 묻어났다.

"……?"

박현은 잠시 말을 잃은 풍신을 바라보며 다시 입을 열었다.

"말 다 했냐고 물었어."

"뭐, 뭐라?"

그제야 말귀를 알아먹은 풍신은 온몸을 부들부들 떨었다.

쿵!

박현은 가볍게 발을 바닥에 찧으며 축지로 공간을 접었다.

"밥도 한 끼 먹이고."

풍신 앞에 모습을 드러낸 박현은 흐트러진 그의 옷맵시를 매만져주며 친근한 목소리로 입을 열었다.

"푸념도 다 들어줬으니……."

이어 풍신의 어깨에 묻은 먼지도 털어주었다.

"다 들어준 거 맞지?

박현이 물었다.

"아니다, 그냥 맞다 하자. 솔직히 본인은 그대가 이처럼 말이 많을 줄 몰랐거든."

마치 애를 다루는 듯한 모습에 풍신의 얼굴이 벌겋게 달아올랐다.

"어쨌든. 본인은 할 만큼 다 해줬으니 저승길이 억울하지는 않을 거야. 그렇지?"

탁탁—

마지막으로 먼지를 턴 후 박현은 뒤로 한 걸음 물러났다.

"이 새끼! 죽여버리겠어!"

팡!

풍신은 분노를 내뿜으며 살기를 터트렸다.

그리고 살기는 힘을 담고 있었다.

바람의 힘을.

쏴아아아—

바람을 다시 칼을 만들어 냈고.

카드드득—

그 칼은 박현의 몸을 뒤덮으며,

카각— 카가각!

난도질하기 시작했다.

하지만 그에 만들어진 파음은 살점이 썰리는 소리가 아닌 칼로 쇠붙이를 긁는 듯한 소리였다.

"……!"

풍신은 이질적인 느낌에 눈동자를 치켜뜨며 재빨리 뒤로 물러났다.

콰과과광!

칼바람이 일제히 터지며 튕겨져 나오며, 칼바람 파편이 되레 풍신의 옷자락 몇 군데를 베며 사라졌다.

충격이라고는 전혀 받지 않은 듯한 박현의 모습에 풍신의 눈썹이 꿈틀거렸다.

팟!

그때 박현의 신형이 사라졌다.

"……!"

동시에 그의 시야를 가득 채운 건 하나의 주먹이었다.

"흡!"

풍신은 재빨리 팔을 교차해 얼굴을 보호하는 동시에 뒤로 몸을 띄웠다.

쾅!

팔이 뜯겨나갈 정도로 얼얼한 고통이 느껴졌다.

"크으!"

풍신은 양팔을 털며 느긋하게 거리를 좁혀오는 박현을 쳐다보았다.

'백호는 백호라 이건가?'

아득한 옛날.

호랑이라는 이름 자체만으로도 두렵던…….

씨익—

지금은 그때가 아니었다.

한반도를 집어삼켰던 얼마 되지 않은 과거에.

풍신이 가장 먼저 했던 건 반도의 호랑이의 씨를 말리는 것.

호랑이 고기를 먹고, 호랑이 가죽으로 이불을 삼았던 자신이었다.

"그게 천외천이라 해서 다를 것이더냐?"

"……?"

뜬금없는 일갈에 박현의 의아한 표정을 지었다.

그러거나 말거나.

"네놈의 가죽을 벗겨 융단으로 깔아야겠다!"

"내 가죽이 융단으로 쓸 만큼 부드럽지 않은데."

박현은 어이없다는 표정을 잠시 지었지만, 이내 그 표정을 얼굴에서 지웠다.

"빨리 끝내자."

"어서 빨리 죽는 게 소원이라면, 들어줘야지. 크크크—."

풍신이 웃음을 내뱉자, 그의 분위기가 바뀌었다.

"스스스스스—."

눈동자가 노랗게 변하며 얼굴이 찢어지기 시작했다.

동시에 팔과 다리도 찢어져 여덟로 나뉘었다.

팔두팔미(八頭八尾).

여덟 개의 머리와 여덟 개의 꼬리를 가진 뱀 중의 뱀.

야마타노오로치가 진신을 드러낸 것이었다.

"스하앗!"

야마타노오로치는 마치 용처럼 울음에 위엄을 담았다.

오만한 열여섯 개의 시선을 맞으며 박현도 진신을 드러냈다.

황금빛 눈동자.

검은 잉어의 비늘.

'비늘?'

흑호는 비늘이 아닌 쇠침처럼 뻣뻣한 털로 뒤덮여 있어야 하지 않나? 라는 생각이 순간 스쳐 지나갔다.

이어.

검은 사슴의 뿔.

'……뿔?'

검은 뱀의 몸.

검은 소의 귀.

검은 매의 발톱.

…….

우르르르 쾅쾅!

번개가 내려치며 박현의 진신을 가렸다.

그리고 검은 음영을 만들어냈다.

용(龍)의 모습이었다.

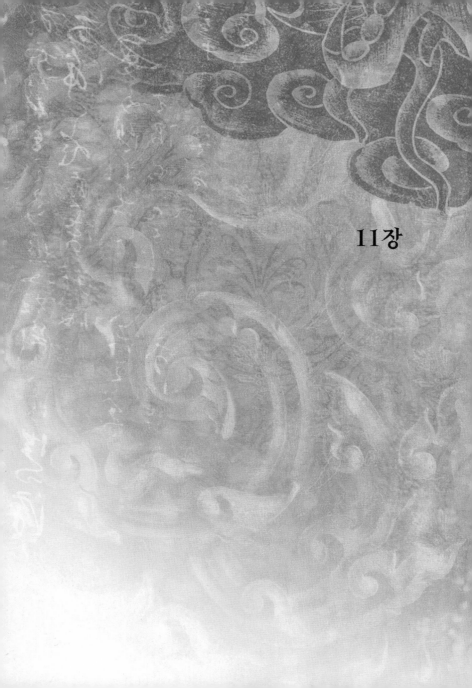

11장

용(龍).

용은 죽었다.
용은 살아 있다.
용은 죽었다.

아니 용은 살아 있다.
정확히 말하자면 용의 탈을 쓴 용만 살아 있다.
응룡.
촉룡.

규룡.

반룡.

신룡.

중국의 다섯 용.

그리고 뇌신, 풍신.

다른 점이 있다면…….

그들은 이름에 '용'자를 자랑스럽게 붙였다면, 자신은
이름에 '용(龍)'자를 떼고 '신(神)'자를 붙였다는 것 정
도?

그래.

용은 죽었다.

중국의 다섯 용과, 자신과 죽은 뇌신과 키츠네, 그리고
죽은 반도의 봉황의 손에.

그리고 황룡도 죽었지?

그렇게 세상의 용은 모두 죽었다.

아!

반도의 지배자가 된 용왕은 빼자.

그는 용의 형상을 가졌지만 진정한 용은 아니니.

그런데…….

'용?'

우르르— 콰광!

마른하늘에 날벼락이 만들어낸 어둠과 빛이 검은 실루엣을 만들었고,

『어찌?』

그 실루엣은 풍신이 그렇게 닮고자 했던 용의 모습이었다.

『……이곳에.』

크르르르!

번개가 사라지고, 저녁 노을빛 아래 검은 용이 모습을 드러냈다.

크하아아아앙!

용의 울음이 터졌다.

그 울음은 거대한 해일이 되어 풍신을 덮쳤다.

『큽!』

숨이 턱 막혔다.

동시에 떠오르는 공포의 기억.

몸을 통째로 뒤흔드는 공포는 그의 몸을 바르르 떨게 만들었다.

스으으—

용은, 박현은 천천히 하늘을 유영해 풍신 머리 위에 다가섰다.

그리고 오연한 눈빛으로 그를 내려다보았다.

풍신은 그 눈빛을 마주하자, 키츠네가 그랬던 것처럼, 애써 묻어둔, 뼛속까지 새겨진 공포가 다시금 떠올랐다.

아시아의 천외천 중에 천외천.

지배자들을 지배하는 절대좌.

용.

그 하나를 죽이기 위해 모든 아시아의 천외천이 모여 함정을 팠다.

그리고 죽였다.

그 과정에서 풍신은 꼬리가 일곱 개가 잘리고, 머리 여섯이 터졌었다.

만약, 삼종신기 중 하나이자, 상(上)인 쿠사나기의 칼이 없었다면 자신은 천외천의 지위를 잃었을지도 모를 정도로 큰 상처를 입었었다.

아니 천외천의 지위를 걱정하기는커녕, 살아남은 것부터 감사해야 할 정도였다.

그렇게 압도적인 힘에 각인된 공포가 다시 그의 이성을 움켜잡아버린 것이었다.

『죽었는데.』

『죽었는데?』

박현의 반문에.

『아, 아니. 죽였는데…….』

생각이 마비가 된 듯 풍신은 어버버하게 말을 내뱉으며 박현을 올려다보았다.

『죽였다?』

다시 이어진 반문.

그에 여덟 개의 머리 중 하나가 미세하게 끄덕였다.

주시하지 않았다면 모를 정도로 미세하기 그지없었으나, 박현은 보았다.

그리고 눈빛이 반짝였다.

팡!

박현은 떠 있던 곳의 공기마저 터트리며 풍신 앞에 모습을 드러냈다.

콰득!

그리고 미세하게 고개를 끄덕였던 그 머리의 목을 움켜잡았다.

『꺽!』

박현은 그 머리를 얼굴 앞으로 잡아당겼다.

『그래, 죽었지.』

박현의 몸 주변으로 시퍼런 살기가 뿜어져 나왔다.

『너희들의 손에.』

『……?』

풍신의 두려운 눈에 의아함이 들어섰다.

『내 아버지가.』

『헙!』

박현의 말이 끝나자 풍신의 눈이 화등잔처럼 찢어질 듯 크게 떠졌다.

그리고.

콰아앙!

박현은 그의 머리를 바닥으로 내려찍었다.

거대한 풍신의 몸이 뒤로 쓰러지자 아담한 정원이 풍비박산 나며 먼지가 자욱하게 피어났다.

"스하아앗!"

목숨이 위협당하자, 그제야 화들짝 정신을 차린 풍신이 울음을 터트렸다.

하지만 박현은 사방으로 내뿜는 살기와 달리 무표정한 얼굴로 그의 목을 더욱 누를 뿐이었다.

『죽엇!』

비록 공포에 잠식당했지만, 생존을 위한 발악은 당연한 본능.

『끽! 끽!』

그런데 그 외침은 자신이 조르고 있는 머리에서 나온 목소리가 아니었다.

"스하아아앗!"

악에 받쳐 일갈을 터트린 또 다른 머리가 박현의 옆구리를 둘러 뒷목을 물어왔다.

박현은 목을 옆으로 틀어 그의 공격을 피했다.

콱!

허공을 깨문 풍신의 머리가 다시 박현을 향해 틀어질 때였다.

푸욱!

살갗을 꿰뚫는 파음과 함께 그의 머리 위로 새하얀 칼날이 삐죽 튀어나왔다.

검은 핏물이 주르르 미끄러지는 새하얀 검날은 대합의 칼날이었다.

『죽엇!』

"스하아앗!"

『크하앗!』

그러자 몇 개의 머리가 동시다발적으로 박현의 다리와 몸통, 목을 물어왔다.

콱콱콱— 콱!

목에 하나, 몸통에 둘, 그리고 뒷발 허벅지에 하나.

『끄으으―. 컥킥!』

공격이 성공했음에도 풍신은 흡족한 미소 하나 보이지 않았다. 오히려 더욱 공포에 질린 눈으로 박현을 올려다볼 뿐이었다.

왜냐하면.

파자작― 파삭!

그의 몸통을 물었던 네 개의 머리, 독을 품은 여덟 개의 어금니가 단단한 비늘을 뚫지 못하고 유리처럼 깨져 내렸기 때문이었다.

"샤하아악!"

"샤하아아!"

부러진 이빨 사이로 피를 뿌리며 괴로워하는 머리들의 턱 밑으로 새로운 대합의 칼날이 박혀들었다.

투두둑 투툭―

머리 넷이 다시 힘없이 바닥에 처박히고.

『…….』

풍신의 눈에는 더욱 짙은 공포가 스며들었다.

그리고 발악하듯.

『으아아아아아!』

비명인지 기합인지, 아니면 두 감정이 섞인 것인지 모를

소리가 튀어나왔다.

"스하아아아!"

"크하아아악!"

그 소리에 맞춰 나머지 두 머리도 울음을 터트렸다.

그래도 나름 용의 행세를 한다고, 울음에 용언에 가까운 힘이 담겨 있었다.

귀가 웅웅거리며 먹먹해지자, 박현의 미간에 주름이 그려졌다.

찰나의 틈.

파바박— 파박!

여덟 개의 꼬리가 치켜세워졌고, 동시에 풍신과 박현의 위로 용오름이 치솟아 올랐다.

카드득 카득! 카드드득득득—

용오름은 연신 박현의 몸을 긁어댔다.

"크하아아앙!"

잠시 후, 용오름 안에서 진정한 용언이 터졌다.

짧은 용언의 일갈에 시퍼런 칼날이 휘몰아치던 용오름은 마치 신기루처럼 퍽— 하고 사라졌다.

『끝인가?』

『사, 살려—. 컥컥!』

풍신은 눈을 피하며 애원했다.

『그대는 죽는다.』

박현은 고개를 저었다.

『살려만 주시면 모든 것을…….』

애원에도 박현의 무심한 듯 차가운 눈빛은 변하지 않았다.

『본주, 아니 소, 소신은 죽이지 않았습니다! 죽이지 않았습니다!』

『그대가 죽이지 않았다?』

박현이 눈매를 가늘게 만들었다.

『하, 하이!』

반응을 보이자 풍신은 재빨리 고개를 끄덕였다.

『흠―.』

박현의 눈매가 좀 더 가늘어지고 생각에 잠긴 듯 초점이 흐려지자, 풍신의 눈빛이 순간 반짝였다.

쐐애액― 푹!

꼬리 하나가 툭 튀어 올라 화살처럼 박현의 배를 푹 찔렀다.

『꺽!』

꼬리에 배가 뚫린 박현은 순간 목석처럼 몸이 굳으며 터진 풍선처럼 신음을 흘려냈다.

그리고 시선을 내려 자신의 몸통을 꿰뚫은 꼬리를 내려다보았다.

스윽— 하고 빠지는 꼬리 끝은 다른 꼬리들과는 모양이 달랐다.

풍신. 야마타노오로치의 여덟 개의 꼬리 중 본체이자, 쿠사나기의 칼을 담은 꼬리였다.

『끄으—.』

회심의 일격을 가한 풍신은 그대로 몸을 뒤집어 도망치기 시작했다.

오로지 살고자 하는, 이 자리를 벗어나기 위한 몸부림이었다.

그렇게 풍신은 덜렁거리는 죽은 다섯 개의 머리를 스스로 끊어내면서 단숨에 박현에게서 거리를 벌렸다.

아니 벌리려 했다.

쿵!

거대한 기운이 그를 찍어누르기 전까지는.

『……!』

풍신은 떨리는 눈으로 고개를 들어 하늘을 올려다보았다.

그곳에 한 사내가 떠 있었다.

박현.

아니 인간의 형상에 용의 일부를 담은 반인반용(伴人伴龍)의 모습으로 떠 있었다.

『어, 어찌⋯⋯.』

풍신은 고개를 돌려 자신이 상처를 입힌 용을 쳐다보았다.

그의 시선이 석상처럼 굳어 있는 용의 형상에 닿자.

펑―

그 형상은 터지며 거대한 통나무가 바닥으로 툭 떨어졌
다.

"몸통바꿔치기술(術)이라고 했던가? 흥미로운 일본의 술
(術)이더군."

박현이 씨익 웃으며 말했다.

『사, 살려주십시오!』

풍신은 재빨리 남은 세 개의 머리를 바닥에 찧으며 바삭
엎드렸다.

『소신은 죽이지 않았습니다! 죽이지 않았습니다요!』

『알아.』

『⋯⋯!』

그 말에 풍신은 눈을 동그랗게 뜨며 고개를 번쩍 들어 박
현을 올려다보았다.

『하오면⋯⋯.』

일말의 희망.

『그래도 그대는 죽어줘야겠어.』

『⋯⋯왜?』

『쿠사나기의 칼. 그걸 가져야겠거든.』

그 말에 풍신의 눈이 파르르 떨렸다.

『그대 몸에 흡수된 그 칼. 그대가 죽어야 다시 튀어나올 것이 아닌가?』

박현은 씨익 웃으며 대합의 칼날을 뽑아들었다.

*   *   *

황금빛 눈동자.

그리고 검은 반가면처럼 눈 주위를 뒤덮은 검은 용의 비늘.

마치 악마의 뿔처럼 머리 위로 살짝 솟은 두 개의 뿔.

멋들어지게 기른 수염.

한층 커진 몸집.

그리고 반 글러브를 낀 듯 우람한 주먹과, 그 안에 숨겨진 날카로운 손톱.

대합의 칼날.

등등…….

아홉 동물의 흔적이 묻어나는 반인반용(伴人伴龍).

박현은 허공에서 축지를 밟아 풍신의 세 개의 머리 앞에 섰다.

『어떤 게 진짜 머리일까?』

박현은 대합의 칼날을 들었다.

"스하하악!"

죽음 앞에서 공포를 잊은 것인지, 아니면 사고가 마비된 것인지 정면에 있던 머리가 독을 흩뿌리며 박현을 향해 독니를 드러냈다.

그리고는 단숨에 몸을 튕겨 날아와 박현을 입을 쩍 벌리며 삼켰다.

"스학— 학학— 학학!"

하지만 박현을 삼킨 머리의 표정이 이상하게 바뀌었다.

마치 목에 가시가 걸린 것처럼 이내 입을 쩍 벌리며 '컥 컥' 숨을 내뱉었다.

그 머리는 부르르 목을 떨었다.

이내 그의 목에서 균열이 일기 시작했다.

그러더니 피부가 툭툭 터지며 살갗이 터져나갔다.

그 균열은 목에서 턱을 타고 올라가 온 얼굴로 퍼졌다.

그에 머리는 하늘을 향해 머리를 젖히며 입을 쩍 벌렸다.

"칵. 칵—"

고통에 찬 신음조차 시원하게 내뱉지 못하고 툭툭 끊겼다.

그리고.

퍼석!

머리는 터지며 살점과 뼈가 산산이 비산했고, 그 사이로 박현이 하늘로 툭 튀어 올랐다.

쿵— 쿵— 쿠웅—

머리가 터질 때 목을 자르고 도망친 것인지, 아니면 애초에 머리를 자르고 도망친 것인지. 풍신은 어느새 결계 앞에서 막을 뚫기 위해 몸부림치고 있었다.

『홋!』

두 개의 머리 중 하나는 결계를 뚫기 위해 용을 쓰고 있었고, 나머지 하나의 머리는 그런 박현을 쳐다보며 두려움에 몸을 떨었다.

박현은 칼날에 묻은 핏물을 털어내며 천천히 풍신을 향해 날아갔다.

"스하아아아아악!"

"스하아아아아악!"

결국 결계를 뚫을 수 없다는 것을 깨달은 풍신은 두 개의 머리를 돌려 박현을 향해 울음을 터트렸다.

하지만 그 울음도 잠시.

서걱!

박현의 신형이 그 자리에서 사라지는가 싶더니 풍신의 목에 무광의 반월 기운이 그려졌다.

"칵— 칵!"

그리고 머리 하나가 짧은 신음을 내뱉으며 바닥으로 툭 떨어졌다.

박현은 순간 울음마저 그친, 하나 남은 머리를 쳐다보았다.

『그 머리가 진짜 머리군.』

『사, 살려…….』

주춤 뒤로 물러나는 풍신은 애원했다.

『아니 된다고 했을 텐데.』

박현은 고개를 저으며 다시 대합의 검을 들었다.

번쩍—

그리고 대합의 검은빛마저 머금은 검이 반월의 궤적을 그렸다.

쿵

그리고 목이 모두 잘린 거대한 몸이 바닥으로 허물어졌다.

구르르르르—

삶의 집착 때문일까, 꼬리들은 죽은 후에도 한참이나 부르르 떨다가 축 늘어졌다.

박현이 꼬리에서 쿠사나기 검을 꺼내기 위해 천천히 꼬

리로 다가가려 할 때였다.

구르르르르르!

축 늘어졌던 꼬리 중 하나가 다시 떨며 서서히 위로 세워졌다.

쩌저저적!

그러더니 살갗이 갈라지며 꼬리 끝에서 녹빛 검날 끝이 서서히 밀려나왔다.

『흠!』

박현은 대합의 검을 거두며 서서히 모습을 드러내는 청동검을 바라보았다.

스으으으—

흐르는 듯 부드럽게 꼬리에서 청동검이 온전한 모습을 드러내자.

파삭—

풍신의 시신은 부서져 내렸다.

후우우웅!

그리고 청동검, 쿠사나기의 검은 울음을 토해냈다.

그 울음은 박현의 마음을 흔들 정도로 매혹적이었다.

그러나.

그 매혹은 불길함마저 내뿜고 있었다.

'먹히거나, 먹거나.'

쿠사나기의 검은 마치 파리지옥이 벌레를 유인해 잡아먹는 것처럼 유감없이 매혹적인 울음을 내뱉었다.

아니나 다를까.

저벅— 저벅— 저벅!

"아~, 아~."

카와텐구는 술에 취한 듯 쿠사나기의 검을 향해 걸음을 내딛고 말았다.

팡!

누가 말릴 사이도 없이 몸을 날려 쿠사나기의 검을 움켜잡고 말았다.

"하아—."

이어 환희에 찬 격정을 내뱉었다.

하지만 환희도 잠시.

"으아아아아아악!"

쿠사나기의 검이 카와텐구의 손바닥 안으로 스며들기 시작하자, 그는 눈을 뒤집으며 고통에 찬 비명을 내질렀다.

"카, 카와!"

이즈나곤겐이 그런 카와텐구를 향해 몸을 띄우려 했지만, 카라스텐구가 그의 어깨를 급히 잡았다.

그리고는 고개를 저었다.

그에 이즈나곤겐은 입술을 깨물며 카와텐구와 그의 앞에

서 흥미롭게 그 과정을 지켜보는 박현을 쳐다보았다.

박현과 눈이 마주치자 이즈나곤겐은 시선을 회피하며 어깨를 움츠렸다.

박현은 다시 카와텐구를 쳐다보았다.

『@#&^&%^$^…….』 "#^$%^$%……."

"#^$%^$%……." 『@#&^&%^$^…….』

카와텐구는 알아들을 수 없는 소리를 마구 내뱉었다.

목소리는 하나가 아닌 둘이었다.

'하나는 카와텐구.'

그럼 나머지는.

'쿠사나기의 검인가?'

마치 다툼 같던 중얼거림이 끝나자 쿠사나기의 검은 완전히 쿠와텐구의 몸 안으로 사라졌다.

『드디어! 드디어!』

카와텐구는 그의 본 목소리가 아닌 다른 목소리를 내뱉었다. 결국 쿠사나기의 검에 잡아먹혀 버린 모양이었다.

『피! 피! 피가 그립…….』

기쁨에 어쩔 줄 몰라 하는가 싶더니.

『……!』

카와텐구는 삼종신기의 두 기운이 내뿜는 끌림에 이끌려 박현을 쳐다보았다. 그리고 그 기운을 집어삼킨 거대한 힘,

용의 기운을 느끼자 눈을 부릅떴다.

이내 눈을 아래로 깔며 또르르 굴리는가 싶더니 재빨리 뒤로 몸을 돌려 도망치려 했다.

서걱!

그 순간 대합의 칼날이 카와텐구의 목을 갈랐다.

잘린 목에서 다시 쿠사나기의 검이 튀어나왔다.

그런데 전과 달리 쿠사나기의 검은 푸른빛에 붉은 노을이 비친 듯 불그스름하게 바뀌어 있었다. 또한 쿠사나기의 검은 한 차례 떨더니 박현의 반대 방향으로 튀어나갔다.

퉁—

하지만 낚싯줄에 걸린 물고기처럼 쿠사나기의 검은 어느 순간 앞으로 나아가지 못하고 멈춰 서고 말았다. 그리고 앞으로 나아가기 위해 파닥파닥 몸부림을 쳤다.

그러한 노력에도 불구하고, 쿠사나기의 검은 천천히 뒤로 밀려 박현 앞으로 끌려가고 말았다.

끼이이이이!

박현의 손이 검자루로 향하자 쿠사나기의 검은 온몸을 떨며 비명을 질렀다.

그러거나 말거나.

턱!

박현은 쿠사나기의 검의 자루를 움켜잡았다.

꺄아아아아아아!

그러자 쿠사나기의 검은 더욱 큰 비명을 내질렀다.

쐐애액— 사가가각!

그걸로도 모자란 듯 쿠사나기의 검은 바람의 칼날을 일으켜 박현의 손과 손목, 팔을 마구 베어갔다.

그에 박현의 손과 팔뚝에 자잘한 상처가 만들어지며 붉게 핏물이 맺혔다.

『쓸만하군..』

박현은 손에 난 수십 개의 상처를 보며 씨익 웃었다.

그리고는 대합의 권능을 꺼냈다.

그극 그그극!

검자루에서 검날까지.

대합은 마치 아귀처럼 쿠사나기의 검을 집어삼키기 시작했다.

그에 쿠사나기의 검이 더욱 몸부림치며 반항했지만, 대합이 쿠사나기의 검을 집어삼키는 데에는 아무런 문제가 없었다.

쿠사나기의 검을 완전히 집어삼킨 후, 대합은 울퉁불퉁한 모양을 서서히 가다듬어 다시 검의 형태를 만들었다.

하지만 쿠사나기의 검 위로 덧씌워진 터라 그 크기가 상당히 커졌고, 상당히 둔한 형태를 띠었다.

하지만 그것도 잠시.

대합의 칼은 꿈틀거리더니 이내 서서히 몸집을 다시 줄여갔다.

스스슥—

대합의 칼이 서서히 본 모습으로 돌아가면서 그 빛깔에 푸르스름한 색이 스며들었다.

우웅!

그리고 완벽히 본 모습으로 돌아간 대합의 칼은 한 차례 검명을 내뱉었다.

『나쁘지 않군.』

박현은 삼종신기의 마지막 기운이자 바람의 기운이 스며든 대합의 칼을 이리저리 둘러보며 흡족한 미소를 지었다.

『그럼 일을 마무리해볼까?』

박현은 대합의 칼을 다시 흡수하며 몸을 돌렸다.

퍽!

그때 세상이 암전이 되며 시야가 까맣게 변했다.

"……!"

박현은 순간 자신이 눈을 감은 것이라 여기며 눈을 떴다. 하지만 여전히 세상은 어두웠다.

'환술(幻術)?'

그에 미간을 찌푸리며 은밀히 기운을 끌어올렸다.

그런 그의 앞에 투명한 무언가가 떠올랐다.

손을 뻗어 만져보니 거울이었다.

거울 속에는 자신의 모습이 비치고 있었다.

'이건……'

자신의 무의식이자, 처음으로 거울을 통해 자신의 또 다른 자아들을 만났던 장소.

백(白)의 모습으로 흑(黑)이 만났고, 그 안에서 악(惡)도 만났었다.

"흠."

빛이 없어 거울에 비친 모습을 볼 수 없었다.

'왜?'

무의식의 세계에 다시 돌아왔을까?

이미 자신은 거울에 비친 모든 자아를 찾았거늘.

"……!"

동시에 눈이 부릅떠졌다.

"일단 용으로 살아가거라!"

해태의 말이 떠올랐다.

그리고.

아홉 동물 뒤에 흐릿한 또 하나의 그림자.

잊고 있던 그 그림자를 기억해냈다.

'그 그림자가 용이 아니었던가?'

아홉 동물의 완성체라 여겼는데.

파장창창창!

그때 거울이 깨지며 하늘로 새하얀 구슬이 튀어 올랐다.

박현은 그 구슬을 따라 고개를 들었다.

저 멀리 날아오른 구슬은 밝았다.

바로 보지 못할 정도로, 눈이 아플 정도로 밝기 그지없었다.

마치 태양처럼.

'아니.'

그건 태양이었다.

이글거리는 불을 담은……, 태양.

그리고 그 태양 속에서 검은 그림자가 날개를 활짝 펼쳤다.

12장

"……아?"

뭔가 귀를 간질였던 거 같은데.

"……ㄴ아!"

'……?'

"……야!"

착각이 아니었다.

뭉그러진 소리가 귀를 파고들려 했다.

"현아!"

결국 신경이 곤두 선 목소리가 귀를 파고 들어왔다.

"음?"

"야!"

그러다 그 목소리는 더욱 뾰족하게 귀를 찔렀다.

"어?"

그 소리에 검은 시야, 아니 검었다가 태양이 덮쳐 새하얗게 변한……, 그래서 검은지 하얀지 모를 세상의 장막이 화악 걷혔다.

"아—."

맞다.

자신은 이름 없는 일식당에서 풍신을 죽이고 그가 지녔던 쿠사나기의 칼을 흡수했었다.

그런데 ……왜?

자신이 서 있던 주변은 마치 폭탄이라도 떨어진 듯 쑥대밭으로 바뀌어 있었다.

비단 풍신을 맞이한, 정자가 있던 정원만이 아니었다.

일본식 가옥 자체가 완전히 부서져 폐허가 되어 있었다.

"이곳이 왜?"

가장 먼저 든 의문.

의아함에 발을 내디뎠는데, 발에서 무언가가 밟히며 부서졌다.

"……?"

고개를 내리니 부서진 잔재가 눈에 들어왔다.

검은 재가 되어 허공으로, 눈높이를 거쳐 하늘로, 그리고 연기가 되어 사라지는 육신의 잔재.

'텐구?'

아니 텐구들.

잔재에는 카라스텐구의 흔적뿐만 아니라, 다른 텐구들의 것들도 섞여 있었기 때문이었다.

박현이 고개를 돌려 주변을 쳐다보았다.

가장 먼저 눈에 들어온 건 저 멀리 구석에서 공포에 절어 몸을 와들와들 떨고 있는 키츠네였다.

"흡!"

박현과 눈이 마주치자 그녀는 화들짝 놀라며 무릎 사이로 고개를 파묻었다.

"어떻게 된 거지?"

조완희를 쳐다보며 물었다.

애써 침착한 표정을 유지하고 있었지만, 그도 상당한 충격을 받은 듯 한껏 굳어 있었다.

"기억이 안 나는 거냐?"

"기억?"

박현이 반문했다.

그 물음에 다시 떠오른 기억들.

'풍신을 죽였었지.'

그리고 쿠사나기의 검을 흡수했고.

박현은 잠시 눈을 껌뻑였다.

쿠사나기의 검을 흡수했다.

야타의 거울도 흡수했고.

야사카니의 굽은 구슬도.

그렇게 삼종신기를 모두 흡수했다.

그런데.

몸 안에서 그 어떤 삼종신기의 기운도 느껴지지 않았다.

"왜?"

나도 모르는 사이에 삼종신기가 몸에서 튕겨져 나갔나?

아니 그럴 리는 없다.

삼종신기의 기운은 사라진 건 확실한데, 분명 확실한데 그것들이 가진 신기(神氣)의 힘이 이 몸에 남아 있는 것 또한 사실이었다.

그럼 삼종신기가 몸에 동화가 되었다는 뜻인데.

어떻게?

'아!'

삼종신기가 하나가 된 것인가?

그래서 무의식의 공간에 들어섰던 것일까?

검은 세상.

내면을 비추는 거울.

그곳에 떠오른 하나의 태양.

'맞아. 그곳에 본인이 섰었지.'

박현은 기억을 좀 떠올렸다.

'잠깐!'

박현의 미간이 좁아졌다.

'분명 무의식의 세계에 들어섰어.'

들어섰는데.

'무슨 일이 있었지?'

기억이 없다.

'거울을 봤었나?'

본 것 같기는 한데, 심증은 있다 하는데 거울을 통해서
무엇을 봤는지 기억이 없다.

'태양? 분명 태양이라고 말했었지 않나?'

그래 태양을 봤었다.

아니 보긴 한 걸까?

거울이야 본 적이 있어 심증만으로 확신을 해본다 하지
만……, 태양은 본 적이 없었다.

그럼 태양이 아닌가?

태양 비슷한 무엇을 본 게 아닐까?

그냥 태양이 아닌 검은 세상이 새하얗게 변하는 것을 태

양이 떴다 착각했던 게 아닐까?

아니 세상이 하얗게 변했다고?

뭔가 기억을 떠올리고 하면 할수록 기억이 엉망으로 꼬였다.

기억의 파편, 아니 그마저도 되지 못하는 기억들만 남아 있었다.

파편마저도 희미해진.

기억인지, 착각인지도 모를.

'내가 본 건 무엇이지?'

그리고.

'무엇을 봤기에.'

박현은 초토화된 주변 풍광을 쳐다보았다.

'이리 된 것인지.'

조완희의 눈빛과, 다른 이들의 시선을 보면 분명 자신이 이리 만든 것이었다.

'무엇이?'

나를 폭주하게 만든 것일까.

내가 모르는 또 다른 존재가 있는 걸까?

'……!'

있다.

『이 할애비가 일단 용이 되라고 말한 건 기억하느냐?』

'예. 기억합니다.'

『네 안에 또 다른 피가 흐르는 것도 알지?』

황금빛 기운.

'예.'

박현의 눈빛이 순간 딱딱하게 굳어졌다.

『그 피 또한 고귀하다.』

'제 어머니입니까?'

『거기까지는 이 할애비도 모른다.』

해태는 고개를 저었다.

'그러면.'

『하지만 고귀한 피임은 확실하다.』

'제 다른 피는 누구로부터 온 것이옵니까?'

해태의 표정이 다부지게 바뀌었다.

『굳이 알려 하지 마라. 때가 되면 알게 될 것이다.』

'알려 하지 말라니요!;

『그저 용으로 살거라. 그리고 네 속에 잠든 피는 잊거라.』

해태가 남긴 유언.

그 유언이 떠올랐다.

분명 이 유언을 무의식의 세계에서 떠올렸다.

이건 기억이 아니니 확실하다.

'그래 분명 보았어.'

박현은 희미한 파편들을 계속 떠올렸다.

그리고 인내를 갖고 어지럽게 흐트러진 기억들을 재조립해 나갔다.

사실 워낙 단편적이고 희미한 터라, 시간의 흐름대로 조합을 확신할 수 없었지만, 꾸역꾸역 맞춰나갔다.

분명 어두웠던 세상이 어느 순간 밝아졌다.

눈이 부셨던 건 기억의 파편을 찾아냈기 때문이었다.

태양.

'분명히 뜬 게 틀림없어.'

그런데 그 중요한 부분이.

'왜 기억에 없는 거지?'

고민은 박현의 미간에 주름을 깊게 만들었다.

'뭔가 놓친 것이 있어.'

박현은 재조립한 기억 파편들로 시선을 다시 옮겼다.

그리고 다시 그 기억들을 되짚었다.

그러다 기억의 파편 하나를 발견했다.

처음 기억을 조립할 때는 이상하지 않았지만, 다시 의심을 가지고 보니 무언가 이질적인 기억의 파편이 하나 있었다.

검은 날개.

처음에는 독수리의 날개인 줄 알았다.

그래서 그 파편을 거울이 마주했을 법한 곳에 놓아두었었다.

그런데 검은 세상, 거울 앞에 보여주는 검은 날개의 주변은 새하얗기 그지없었다.

너무나도 순수한 밝음이기에 어둠과 구별이 되지 않았던 것이었다.

밝음, 아래 검은 날개.

자신이 알지 못하는 또 다른 그림자.

독수리가 아니면 무엇인가?

진짜 자신은 용이 아닌 것인가?

그럼 무엇인가?

고귀하다던 또 다른 피.

혼혈.

'혼혈이라⋯⋯.'

형제인 용생구자들의 말에 따르면, 아버지 용은 자존심이 높다 하였다.

다른 신들은 격에 맞지 않다 하여 평생 짝을 이루지 않았다 한다.

그에 박현은 용생구자에게 그러면 형제들은 어찌 태어났냐고 물었었다.

자신들도 모른다 했다.

아마 용이라 짝 없이 자신들을 낳은 게 아닌가 하고 비희가 조심스럽게 의견을 내보였고, 대부분 그에 수긍하는 분위기였다.

'어지간히도 코가 높던 양반이였어.'

라는 이문의 말에 다들 빵 터져 웃음을 터트렸던 기억이 문득 떠올랐다.

그래서 그냥 그리 넘어갔는데.

용생구자도 자신과 비슷하게 태어났을 거라 여겼다.

아무런 의심조차 없이.

다만.

'우리와 달리 너는 아버지께서 모든 것을 내려주었기에 온전히 그의 뒤를 이은 것이겠지.

라고 비희가 말을 덧붙였다.

허나, 그게 아니라면?

아니 그렇다 해도 짝을 이뤘다면?

그 짝은 누군가?

이 질문에 힌트는 분명 검은 날개리라.

'날개.'

날개를 가진 신은 너무나도 많다.

용에 격을 맞추더라도 그 수가 여전히 많다.

'아니 용이 다른 무엇과 피를 섞을 수 있나?'

어렵다.

이종(異種)이 아니면?

'설마!'

아종(亞種)[1]?

'용의 아종이 무엇이 있지?'

서방의 용(龍), 드래곤.

그래 드래곤에게는 날개가 있다.

커다란 날개.

'어쩌면.'

이 생각이 맞을지도 모른다.

무엇보다 격도 맞고, 피도 섞을 수 있는 용이니.

'혼혈, 혼혈이라…….'

그나저나 어떻게 다른 피가 깨어났을까?

'삼종신기?'

단순히 삼종신기라서는 아닐 것이다.

아마도 신의 힘을 담은 무구가 아닐까 싶다.

'신의 무구라.'

마침 박현이 가고자하는 곳에 있을 것이다.

중국.

중국하면 온갖 무구의 전설이 내려오는 곳이 아니던가.

태반이 허풍이겠지만, 그래도 땅이 넓고 많은 신들이 있으니 분명 삼종신기에 버금가는 것들이 있을 터.

'갈 이유가 늘었군.'

그리고 누가 차지하고 있는지 모르겠으나.

가져야겠다.

내가!

이 추론이 맞는지.

아닌지.

'그렇게 찾으리라.'

날개의 주인이 누구인지.

내 몸 속에 흐르는 절반의 피가 누구의 것인지.

충격적인 상념은 이내 깨졌다.

"야! 박현!"

"너 진짜 괜찮아야?"

조완희와 서기원이 그를 불렀기 때문이었다.

* * *

일본 왕실의 유물창고인 장청원(正倉院, 쇼소인).

일반인들의 접근을 불허하고, 허락된 소수의 몇몇만이 출입할 수 있는 장청원의 지하, 비밀창고.

굳게 닫힌 철문 앞에 간이 철제 의자가 하나 놓여 있었고, 황궁경찰본부 소속 젊은 경찰이 앉아 꾸벅꾸벅 졸고 있었다.

드르르르—

굳게 닫힌 철문이 한 차례 바르르 떨렸다.

그에 졸고 있던 경찰은 잠시 움찔거리며 잠에서 깼다.

경찰은 경찰 자신과 철문이 있는 곳으로 오기 위해서 반드시 거쳐야 할 쇠창살문으로 고개를 돌렸다.

쇠창살문은 굳게 닫혀 있었고, 아무런 인기척도 없었다.

아무도 없다는 것을 인지한 듯 경찰은 뺨을 긁적이며 하품을 길게 내뱉었다.

그리고는 다시 벽에 머리를 대며 눈을 감았다.

드르르르—

다시 철문이 바르르 떨렸다.

"⋯⋯?"

그에 경찰은 다시 눈을 떴다.

끼익— 끼익—

철문은 떨림을 넘어 이리저리 비틀리는 듯 요란한 소리를 내뱉기 시작했다.

이상함을 느낀 경찰은 후다닥 자리에서 일어나 굳게 닫힌 철문으로 걸어갔다.

마치 조금 전 일은 착각이었다는 듯 철문은 조용하기 그지없었다.

잠결에 잘못 느꼈나 싶어 고개를 갸웃거리는 그때였다.

그르르— 끼익! 끼익!

철문은 더욱 요란하게 울기 시작했다.

"헉!"

비단 그것만이 아니었다.

굳게 닫힌 철문 사이로 강렬한 빛이 뿜어져 나왔기 때문이었다.

그에 놀란 경찰은 헛바람을 들이마시며 저도 모르게 뒷걸음치다 발이 꼬여 엉덩방아를 찧고 말았다.

"치, 칙쇼!"

경찰은 허둥지둥 벽으로 달려가 비상용 인터폰 수화기를 들었다.

타다다다닥—

잠시 후, 궁내청 정청원장이 헐레벌떡 지하로 뛰어내려
왔다.

"어서 문을 열라! 어서!"

쇠창살문 앞에 도착한 그는 경비를 서고 있던 경찰에게
재촉했다.

"하, 하이!"

경찰은 서둘러 쇠창살문을 열었다.

"조금 전 보고가 확실한가?"

정청원장이 다그치듯 물었다.

"트, 틀림없습니다."

"도대체……."

정청원장은 불안한 눈으로 굳게 닫혀 있는 문을 쳐다보
았다.

"……뒤로 물러나게."

정청원장은 경찰을 물린 뒤, 품에서 붉은 목함을 꺼냈
다.

목함 안에는 열쇠가 담겨 있었다.

"후우—."

긴장한 듯 크게 숨을 내쉰 정청원장은 열쇠를 철문 열쇠
구멍에 밀어 넣었다.

덜컹!

열쇠를 돌리자 묵직한 소리가 울렸다.

"후우—."

정청원장은 다시 한번 더 크게 숨을 내쉰 뒤 철문을 열었
다.

끼익— 끼이익—

철문의 무게가 힘에 부친 듯 정청원장은 두어 번에 걸쳐
용을 쓰며 문을 밀었다.

반쯤 문이 열리자 정청원장은 고개를 들어 창고 안을 살
폈다.

그가 가장 먼저 바라본 곳은 정면, 신사(神社) 모양을 하
고 있는 간이 정자였다.

일본에서, 왕실에서 가장 소중히 여기는 삼종신기가 모
셔져 있는 곳이었기 때문이었다.

그런 신사가 불에 탄 듯 검게 그을려 있었고, 그 위에 단
에 모셔져 있을 삼종신기가 사라져 있었다.

아니 정확히는 불에 타 재만 남아 있었던 것이었다.

"아—, 아!"

정청원장은 너무 놀란 나머지 다리에 힘이 풀려 그 자리

에 털썩 주저앉고 말았다.

'헉!'

호기심에 뒤에서 몰래 그 광경을 쳐다본 경찰은 겨우 손으로 입을 가려 소리를 삼킬 수 있었다.

"처, 천왕 폐하께……. 아니, 아니! 장관께……."

정청원장은 횡설수설하며 애써 자리를 뜨고.

경찰은 활짝 열린 지하 창고를 흘깃 쳐다보며 휴대폰을 꺼내들었다. 잠시 망설이는가 싶더니 입술을 꼭 깨물며 통화버튼을 눌렀다.

＊　　　＊　　　＊

두두두두두두!

왕궁 뒤편 헬기 착륙장에 헬리콥터가 내려앉았다.

헬리콥터에서 내린 궁내청 장관은 거센 바람을 뚫고 서둘러 일왕이 있는 궁으로 향했다.

그리고 일왕을 알현한 자리.

"폐, 폐하!"

"왔는가?"

"큰 변고가 생겼나이다!"

일왕의 평온함에 궁내청 장관이 부복하며 목소리를 크게

키웠다.

"변고라……."

여전히 평온한 목소리에 일왕은 고개를 돌려 맑은 하늘을 올려다보았다.

"왜, 삼종신기가 사라지기라도 했는가?"

일왕은 고개를 돌려 궁내청 정관을 내려다보며 말했다.

"헉!"

그 말에 궁내부 장관은 너무 놀라 일왕을 빤히 올려다보며 헛바람을 들이켰다.

"그, 그걸 어찌……."

"그게 중요한가?"

"폐, 폐하! 어찌 그런 말씀을 하시는 겁이옵니까?"

"어차피 정청원에 있는 건 허울뿐인 삼기가 아닌가? 진짜는 진짜 이 왕궁의 주인들에게 있고. 아니 주인인가?"

"……폐, 폐하."

궁내청 장관의 얼굴이 하얗게 바뀌었다.

"그러니 아버지는 천손의 위엄을 찾겠다는 광기에 휩싸여 역사의 죄인이 되었지."

"어찌 그런 불경스러운 말씀을……."

"불경이라. 그래, 불경이지. 이 나리에서는, 그 역사마저 지우고 고치려 하니."

그때였다.

우당탕탕—

밖에서 소란스러운 소리가 들려왔다.

"이, 이러시면 안 됩니다."

"비키지 못할까!"

"폐하의 허락을 먼저 구하시옵소서!"

"그럴 상황이 아니래두!"

"이렇게는 안 됩니다! 정식으로 항의를 하겠소이다!"

"끌어내!"

"이, 이렇게는……, 으악!"

한바탕 소란이 이는가 싶더니, 문이 벌컥 열렸다.

"장관도 여기 있었군."

"이 무슨 불경스러운 행동이란 말이오."

궁내청 장관은 구둣발로 나타난 총리를 보자 매섭게 쏘아보았다.

"큼!"

총리는 담담한 일왕의 시선에 헛기침을 내뱉으며 구두를 벗으며 방 안으로 들어갔다.

"폐하!"

"할 말 있으면 하시게."

"삼종신기가……."

총리는 차마 그 말을 끝까지 내뱉지 못하고 말끝을 흐렸다.

"그걸 왜 내게 묻는가?"

"하이?"

"이미 다 알고 오지 않았는가?"

"하오면."

"하오면이라. 하하, 하하하하!"

일왕은 어이없는 듯 웃음을 터트렸다.

"내게 묻지 말고, 그대가 진정으로 모시는 주인들을 찾아가야지. 안 그런가?"

"······."

일왕의 조롱에 총리는 입을 꾹 닫았다.

"이미 찾아갔다 온 겐가? 왜, 자리에 없던가?"

일왕은 허리를 숙여 꼬인 목소리로 물었다.

"어쩌누?"

"······?"

"그대가 등에 업고 위신을 떨던 주인들이 없어져서."

"하, 하이?"

"몰라서 되묻는 겐가?"

총리의 눈이 흔들렸다.

"삼종신기가 부서졌어. 그리고 그 부서진 건 진물(眞物)

이 아니지."

"……폐하!"

"진물을 그대들이 직접 황가에서 빼앗아 그들에게 바치지 않았던가?"

"……."

총리의 뺨이 씰룩씰룩거렸다.

"아니라고는 하지 마시게. 애초에 황가의 손발을 자르고, 그들을 모신 게 바로 그대들의 조상이니."

일왕은 총리에게서 무심하게 눈을 거뒀다.

"말이야 신의 자손이니 뭐니 해도, 우리도 한낱 인간. 뿌리마저 잘라낸 우리가 아닌가? 그대들의 강압에."

"진정 그리 나오실 참입니까?"

"왜? 이제 이 자리도 없애려고 그러시는가?"

일왕은 손바닥으로 자신이 앉은 옥좌를 두들겼다.

"그리하시게. 어차피 물려줄 후손도 없으니."

"이익!"

총리는 결국 표정을 일그러트렸다.

"그만 자네 주인을 찾아가게. 만날 수 없겠지만."

"……?"

"그대는 참으로 말귀가 어두웠어."

일왕은 다시 총리를 쳐다보았다.

"정청원에 모셔진 삼종신기는 진물의 분신이지. 그게 부서진 이유를 정녕 모르시는가?"

"서, 설마!"

"진물이 부서진 거야. 아니면 합일이 되었거나."

"부서질 리 없습니다!"

"그럼 누군가가 하나로 합쳤겠지."

일왕은 심드렁하게 대답했다.

"누가……?"

"그걸 내가 어찌……."

말을 하던 일왕은 순간 눈동자가 흔들렸다.

긴장감이 불쑥 튀어나왔지만, 이내 침착한 얼굴로 다시 입을 열었다.

"삼종신기를 합일한 분께서 오셨군."

저벅 저벅 저벅―

그리고 박현이 일왕의 거처로 들어섰다.

"삼국의 후손이 태양을 뵈옵니다."

일왕은 자리에서 일어나 박현을 향해 대례를 올렸다.

* * *

"태양?"

박현은 앞에 무릎을 꿇고 앉아 있는 일왕을 내려다보았
다.

"예."

여든이 넘었다고 하던가?

왜소하기 짝이 없는 노구의 몸이 힘들어 보였다.

"태양이라. 어찌 본인을 그리 부르지?"

"삼종신기가 부서진 날, 또 다른 태양이 떠오른다 하여
그리 불렀습니다."

태양.

무의식에서 본 밝음이, 어렴풋이 태양이 아닐까 느꼈던
게 착각이 아닐지도.

"옛날 왕가의 신녀가 내린 예언이옵니다."

박현이 잠시 생각에 잠기자, 일왕은 혹여나 심기를 건드
린 것이 아닌가 싶어 재빨리 말을 덧붙였다.

"그리고?"

"그것뿐이옵니다."

기대가 크면 실망도 큰 법.

"왕가에 그저 구술로 내려오는 야사(野史)가 있긴 하옵니
다."

"야사라."

흥미가 동했다.

옛 일왕 왈

"태양이 뜨면 세상이 바뀌는가?"

그에 신녀가 답하기를.

"태양이 뜬다 하여 세상이 바뀌는 건 없사옵니다."

"바뀌는 게 없다?"

"태양이 있든 없든, 세상이 밝든 어둡든 세상은 그 자리에 있을 뿐이옵니다."

"그럼 의미가 없지 않는가?"

"세상은 바뀌지만 이 땅은 변화가 있을 것이옵니다."

"어떤 변화인가?"

"침몰."

"……!"

"…….'

"치, 침몰이라 했느냐?"

"하이."

"그런데 어찌 세상이 변하지 않는다 하는가?"

"세상은 바뀌지 않습니다. 고작 이 자그만 땅 한

줌이 가라앉을 뿐입니다."

"고작 이 ……자그만 땅, 이라……."

"……."

"아쉽사옵니까?"

"아쉽다라……. 모르겠구나. 이 땅에 왕조를 세
웠건만, 이 땅은 쇼군[將軍]*의 것이니. 나야 그저
보기 좋은 조화(造花)가 아닌가."

"……."

"그리 볼 것 없다. 슬프지만 슬프지 않으니."

박현은 일왕이 말해주는 야사를 들으며 시선을 총리에게
로 옮겼다.

일그러질 대로 일그러진 그의 표정이 눈에 들어왔다.

얼굴이 붉었음은 두말할 필요도 없었고.

"새로운 태양이 뜨면 어찌 되는가?"

"폐하."

"……?"

"잃는 것이 있으면 얻는 것도 있는 법입니다."

"잃는 것은 이 땅이니. 내가, 아니 이 왕조가 얻는
건 무엇인가?"

"쇼군에 의해 잊혀져야 했던 뿌리를 찾을 것이옵니다."

"잊혀져야 했던."

"……."

"천황가 가져오셨던 이 땅의 말, 이 땅의 문자, 그리고 천황가의 뿌리."

"거짓말!"

총리가 버럭 소리쳤다.

"어찌 천황이라는 분이 날조를 입에 담는 것입니까!"

총리는 삿대질을 해댔다.

그때 젊은 궁내청 직원이 안으로 들어와 일왕에게 무언가 속삭였다.

"요시노리[3] 명예교수께서 연구를 모두 마치고 발표를 하겠다는 말을 전해왔습니다."

그 목소리가 작지 않았는지 총리가 자리에서 벌떡 일어났다.

"차관! 차관!"

총리가 소리치자 중년인이 안으로 뛰어들어왔다.

"막아! 요시노리인가 뭔가 하는 놈의 입을 막아!"

"하, 하이!"

차관이 급히 떠나고.

"폐하. 반드시 후회할⋯⋯."

다시 삿대질하던 총리는 박현의 시선에 움찔거리며 입을
닫았다.

"칙쇼!"

박현의 시선을 피한 총리는 낮게 욕을 삼키며 몸을 돌려
밖으로 나갔다.

"괜찮으신지요?"

일왕이 그런 총리의 뒷모습을 바라본 후 다시 박현을 올
려다보았다.

"안 괜찮으면."

박현은 개의치 않는 모습으로 대답했다.

"그대는?"

"마저 들으시겠습니까?"

일왕도 개의치 않다는 듯 다시 담담하게 입을 열었다.

그에 박현이 고개를 끄덕였다.

"태양 자체가 뜰 수 없게 만든다면?"

"하실 수 있으신지요?"

"삼종신기를 부수면 되지 않겠느냐?"

"부술 수 있으신지요?"

"아니면 누구도 찾을 수 없는 곳에 가두면 된다. 후지산 용암은 어떤가?"

"차라리 폐하의 머리 위에 떠 있는 태양을 떨어뜨리심이 어떠신지요?"

"......!"

"거부할 수도, 거스를 수도 없기에 운명이라는 단어를 쓰지요."

"그럼 어쩌란 말이더냐? 망조의 길이 보이는데 가만있으란 말이더냐?"

"영원한 것은 없는 법입니다."

"그렇다 하여도!"

"먼 훗날입니다."

"하지만!"

"운명을 거스르지는 못해도 늦출 수는 있습니다."

"정녕 그뿐이더냐?"

"과한 욕심은 과한 업을 부르는 법입니다."

"흐으."

"......."

"휴우―. 거스를 수 없다면 늦춰야지."

"삼종신기를 세상에 뿌리십시오."

"뭐, 뭐라? 뭐를 뿌려?"

"삼종신기라 말씀을 올렸사옵니다."

"그게 어떤 것인지······."

"아옵니다."

"그건 우리 왕가의 정통성을 대변하는 것이야."

"동시에 부서질 존재들이기도 하지요."

"신녀!"

"동시에 부서져야, 쇼군이 강제로 지운 왕가의 정
통성이 되살아나지요."

"죽어야 살아난다. 참담하군."

"······."

"굳이 그 방법밖에 없는가?"

"······."

"허(許)하네."

"이상입니다."

일왕이 말을 마쳤다.

"어느 왕인가?"

"정확한 기록이 남지 않은 야사일 뿐이옵니다."

일왕은 빙그레 웃으며 대답했다.

허나 일왕은 누구인지 대충 짐작을 하는 표정이었다.

"그대의 심정은 어떤가?"

"무슨 말씀이온지."

"본인은 아직 모르겠으나, 그대의 말에 의하면 새로운 태양이 뜨지 않았나?"

그 말은 이제 이 왕조가 사라진다는 뜻.

"솔직한 심정을 올려도 되겠습니까?"

일왕의 말에 박현이 고개를 끄덕였다.

"태양은 떴지만, 아직은 여명(黎明)일 따름입지요."

"……?"

"아직은 주어진 시간이 남았다는 뜻이기도 합니다."

"그 뜻이 아니지 않은가?"

박현의 물음에 일왕의 표정이 잠시 어두워졌다가 다시 담담하게 바뀌었다.

"그래서입니다."

"……?"

"시간이 남았으니 회개할 시간도 있다는 뜻이지요."

"회개라."

"어버이를 저버린 죄, 무고한 이들을 죽인 죄, 힘없는 왕으로 산 죄."

일왕의 표정은 조금 슬퍼 보였다.

"이제 와서 무얼 해볼 참인가?"

박현의 물음에 일왕은 고개를 저었다.

"이대로 죽을 참입니다."

"죽는다?"

"아무도 고통을 느끼지 못하게 천천히 말라죽어 볼 참입니다."

"왜?"

"패륜의 자식도 자식이지 않습니까?"

"그래서?"

"죽을 때 보듬어는 줘야지요."

"그래서 함께 죽겠다?"

"자식을 버리면서 살 수는 없는 법 아니겠습니까?"

일왕은 다시 웃었다.

"좋든 싫든 이 나라를 세운 건 이 왕가이니 말입니다."

그 마음이 그다지 좋게 보이지 않았기에 박현의 미간이 슬쩍 좁아졌다.

"먼저 왕위부터 이양할 참입니다."

그런 마음을 모른 척하는 건지, 아니면 정말 모르는 건지.

일왕은 자신의 말을 이어갔다.

"본인이 알기에는 생전에 왕위 이양은 없었던 것으로 아는데."

"하늘이 때를 알려주시는 모양입니다."

"⋯⋯?"

"왕세자에게는 사내놈이 없지요."

"그대의 둘째에게 사내아이가 하나 있지 않은가?"

"그렇기는 합니다만."

일왕은 묘한 웃음을 띠었다.

"그래서 말입니다. 청이 하나 있사옵니다."

"무엇인가?"

"시노비들을 살려주실 수는 없는지요?"

"시노비면 닌자?"

"하이."

"아직 정리가 안 된 모양이군."

"제 품으로 도망을 와 겨우 목숨만은 부지하고 있는 참입니다."

"무얼 하려고?"

"죽어야지요. 깨끗하고, 정갈하고, 아프지 않게."

박현의 눈가에 찌푸려졌다.

"쯧."

결국 혀를 찼다.

"재미없는 인간들의 정치로군."

"허해주시렵니까?"

"내 허락이 필요한 건가?"

"평생 두 신의 허락을 받아온 참이라, 없으면 뭔가 허전해서 그렇습니다."

박현은 복잡한 웃음을 보이는 일왕을 빤히 쳐다보았다.

"허락한다."

"하이!"

일왕은 느릿하게 두 손으로 바닥을 짚고 머리를 바닥으로 가져갔다.

'마음에 안 들어.'

박현은 자리에서 일어났다.

이 땅의 모든 게 다 마음에 안 들었다.

허나 무슨 상관이랴.

이제 다시 오지 않을 땅이니.

팟!

박현은 축지를 밟아 그 자리를 떠났다.

그리고 한 달 뒤.

홍콩.

침사추이.

어느 뒷골목 노점에서 박현이 우육면을 막 한 입에 입으로 가져갈 때였다.

"헤이. 아룽(阿龍)! 아룽!"

한 사내의 부름에 박현은 젓가락을 내려놓으며 고개를 들었다.

〈다음 권에 계속〉

*용어

1) 아종(亞種): 생물학적 종(種)의 하위 단계로, 동일한 종이지만 환경이나 지리적 분포가 달라 현태가 달라진 경우다. 예) 아프리카 코끼리와 아시아 코끼리.

2) 쇼군[將軍]: 쇼군[장군. 將軍], 쇼군은 세이이타이쇼군[정이대장군, 征夷大將軍)의 준말이다. 일본은 예부터 쇼군과 천황의 이중적 지배구조를 가지고 있다. 천황이 정신적 권위를 가졌고, 쇼군이 실질적 정치적 권력을 행했다.

3) 요시노리: 고바야시 요시노리, 히로시마대학교 명예교수로, 일본 구결문자의 최고 권위자이다. 이 교수는 최근 가타카나가 일본으로 전해진 신라 불교 경전 '대방광불화엄경'에 적힌 각필(한문 사이에 똑바로 읽고 뜻을 해석하기 위해 뾰족한 나무 침으로 긁어 쓴 글자로, 한자의 일부분을 떼어 만든 약체자[이두문자]로 쓰여 있다.)이 가타카나와 완전히 똑같은 것을 발견해 기원을 밝혀냈다. 가타카나는 헤이안 시대에서부터 사용되기 시작해, 일본 주류 학계는 헤이안 시대에 만들어졌을 거라 주장해오고 있는데, 헤이안 시대에 신라와 많은 교류를 통해 많은 불경이 전해졌고, '대방광불화엄경' 역시 이 시기에 전해졌다 한다.

부연 — 히라가나의 기원은 만요가나[万葉仮名]이다. 이 만요가나가 백제에서 유래되었다는 학설이 있다.